Contents

月の魔法は恋を紡ぐ
～特殊な嗜好はハタ迷惑!～
Character
リーフィア・ヴェインティン
誰もが羨む美貌を持つ伯爵令嬢。本当は18歳だが、容姿を変えられ10歳の姿になっている。
本来の姿
エーヴェルト・フォルシア
フォルシア国の王太子。人当たりがよく、老若男女問わず人気がある。なぜか独身。

エーヴェルトの妹。
遊び相手として
リーフィアを
王宮に呼ぶ。
システィーナ・フォルシア

エーヴェルトとは
幼なじみで今は護衛。
ツッコミ体質で
よく敬語が外れる。
ブラッドリー・アスマン

王宮の図書館の司書。
魔法を解く資料を探す
リーフィアの
助けになってくれる。
カミロ

フォルシア国の
筆頭魔法使いだが、
人にあまり興味がなく、
いつも研究室に篭っている。
ラディム＝アシエル

リーフィアの
同僚(侍女)で、
システィーナに
仕えている。
カミロに片恋中。
リリアン

イエルド＝エクレフ

リーフィアに一目ぼれした幼児性愛病者《ロリコン》魔法使い。
自分だけが愛でるつもりで彼女に術をかけるが、
その後死亡してしまう。

イラスト／緒花

プロローグ
新月の貴婦人

「いたぞ、こっちだ！」
「本当に『新月の貴婦人《きふじん》』っていたんだな、おい！」
「捕《つか》まえろ！　捕まえて殿下《でんか》のところにお連れするんだ！」

長い銀髪《ぎんぱつ》を靡《なび》かせ、リーフィアは自分を追いかけてくる言葉を背に懸命《けんめい》に走って逃《に》げていた。

「誤解です～！　私は『新月の貴婦人』じゃないですから！」

城の廊下《ろうか》を荷物を手に全速力で走りながらリーフィアは叫《さけ》ぶ。だったら立ち止まって誤解を正せばいいものをと思うかもしれないが、リーフィアには捕まったら困る理由があった。

リーフィアは廊下の角を曲がると、先々代の国王の大きな胸像《きょうぞう》の陰《かげ》にさっと隠《かく》れた。

ここから先は城の中でも特に複雑《ふくざつ》に入り組んだ区域だ。曲がり角がいくつもあり、城勤《しろづと》めが浅い人間にとっては最大の難関《なんかん》なのだ。だからこそ逃げ込むには絶好の場所だった。

リーフィアを追っていた男たちが角を曲がってくる。荷物が入った袋を両手で抱きしめながら息を潜《ひそ》めていると、男たちは銅像の物陰に隠れている彼女には気付かず通り越して、すぐ先の角を曲がっていった。

思った通りだ。きっと彼らはリーフィアがあの迷路《めいろ》のような通路に逃げ込んで追っ手を振り切ろうとしていると考えたのだろう。実際はその手前でこうして隠れているのだが。

——さぁ、今のうちに！

隠れていた銅像の陰からさっと出ると、リーフィアはもと来た道を引き返し、使用人たちが道具置き場として使っている部屋を見つけるとその取っ手に手をかけた。思ったとおり、鍵《かぎ》はかけられていない。

少しだけ扉を開いてその中に身を滑《すべ》り込ませると、中は真っ暗だった。狭《せま》い部屋の正面に小さな窓があるが、新月のため月明かりすら差し込むことはない。それがかえってリーフィアのこの目立つ姿を隠してくれる。

リーフィアは扉に寄りかかって荒い息を整えた後、ずるずるとその場に座り込んで膝《ひざ》を抱《かか》えた。じっと刻《とき》を待つ。時折廊下をバタバタと行《い》き交《か》う足音が聞こえ、そのたびに身を竦《すく》めるが、幸いどの足音も部屋の前を素通りしていった。

——あとどのくらいで夜が明けるのかしら？

西の庭にある四阿《あずまや》にいるところを兵士の一人に見つかった時から逆算《ぎゃくさん》すると、もうそろそろ夜が明けるはずだ。夜が明けさえすれば——この追いかけっこは終わる。『新月の貴婦人』は消え、リーフィアが追いかけられることもなくなる。

——早く、早く……！

焦《あせ》る心とは対照的にじりじりと時間は過ぎてゆく。やがてどれほど経《た》っただろうか。リーフィアは身体《からだ》の異変を感じて顔をあげた。

さっきまでは真《ま》っ暗闇《くらやみ》だった小さなガラス窓の向こうに、暁闇色《あかつきやみいろ》が広がっていた。群青《ぐんじょう》と、青灰色《せいかいしょく》と、わずかなオレンジ色がリーフィアの紫《むらさき》の瞳《ひとみ》に映る。

——夜明けだ。

そう思った直後のことだった。

先ほどからリーフィアの胸のあたりでじわじわと始まっていた疼《うず》きが強くなり、瞬《またた》く間に全身に広がっていく。リーフィアは目をぎゅっとつぶり、膝に顔を埋《うず》めた。

「……ふっ……」

声を出さないように唇《くちびる》を噛《か》み締《し》めながら、内側から絶え間なく湧《わ》き上がる疼きに耐《た》える。

——やがて、薄《うす》ぼんやりとした朝の光が窓から部屋に差し込むと同時に、リーフィアに変化が訪《おとず》れた。

膝を抱えた姿は一回り小さくなり、かつて月の光を集めたようだと賞賛《しょうさん》された髪は色を変える。——白銀《はくぎん》から褐色《かっしょく》へと。

身を苛《さいな》んでいた疼きがピタッと止まり、リーフィアは顔をあげた。その瞳は紫ではなく、黒に近い濃《こ》い茶色に変わっていた。

「……ふぅ……」

ため息をついて立ち上がったリーフィアは、己《おのれ》の姿を見下ろす。女性らしく丸く膨《ふく》らみ、服を押し上げていた胸は今や跡形《あとかた》もなくなって、絶壁《ぜっぺき》に近い。

ぴったりだったワンピースはぶかぶかになり、肩からずり落ちそうになっている。それを押さえている手も、先ほどまでのスラリとした長い手ではなく、小さな子どものものだ。

——その姿はこの部屋に入ってきた時とは明らかに違っていた。

この部屋に入ってきたとき、リーフィアの姿は十代後半の、明らかに成人した女性の姿だった。『新月の貴婦人』の言い伝えどおり、長い白銀の髪と、宝石《アメジスト》のような紫色の瞳を持っていた。けれど今立っているリーフィアは褐色の髪に黒茶の瞳をした、まだ十歳前後の小さな少女の姿だったのだ。

「また次の新月までこの姿か……仕方ないわね」

小さな口から漏《も》れる声はその姿どおり幼《おさな》い子どものもの。けれどその口調《くちょう》はやけに大人《おとな》びていた。

リーフィアは再びため息をつくと、追われている間もずっと手放さなかった荷物の中から子どもサイズの服を取り出した。

手早くその服に着替えると、脱いだ服を荷物袋に詰めていく。それからその袋を抱えて堂々と部屋を出て行った。

自室へ戻る途中、まだ『新月の貴婦人』を捜《さが》しているらしい兵士とすれ違う。兵士はリーフィアの姿に目を丸くしたものの、そのまま通り過ぎていった。

結局誰にも呼び止められることなく自室まで戻ってくると、リーフィアはなるべく音を立てないように自分のベッドへ向かった。同室のリリアンを起こさないようにするためだ。

ところがベッドによじ登った時に、不意に隣《となり》のベッドから眠そうに掠《かす》れた声がした。

「フィラン？　どこか行っていたの？」

フィランというのはここでのリーフィアの名前だ。リーフィアはドキッとしながらも、その動揺《どうよう》がなるべく声に出ないように答える。

「起こしてごめんなさい、リリアン。ちょっとお手洗いに行ってました。今日は外に兵士さんたちが多かったです」

「ああ、今日は新月だから『新月の貴婦人』を捜しているのでしょうよ。幻影《げんえい》を捕まえるだなんてできっこないのに、ご苦労様ね」

リリアンはヤレヤレという口調で言う。どうやら彼女は他の同僚《どうりょう》たちとは違ってこの一連の『新月の貴婦人』騒動《そうどう》にはまったく興味がないようだ。

「起きる時間はまだ先だから、もう一眠りしましょう」

「はい」

リーフィアは大人《おとな》しく答えてベッドに入る。彼女が枕《まくら》に頭をつけた時はすでに隣のベッドからは寝息《ねいき》が聞こえていた。

その音を耳にしながらリーフィアは目を閉じ、眠りの波に身を委《ゆだ》ねた。

☆

翌日の朝、あくびをかみ殺《ころ》しながら職場へ向かったリーフィアは、途中の廊下で盛大《せいだい》なあくびをしている背の高い赤銅《しやくどう》色《しよく》の髪の青年に出くわした。

兵士のように甲冑《かつちゆう》は身につけていないが、腰に剣を佩《は》いている。

「おはようございます、ブラッドリーさん。寝不足《ねぶそく》ですか？」

リーフィアが声をかけると、青年はばつが悪そうに口を閉じたが、気を取り直し、笑顔で彼女を見下ろした。

「おはようフィラン。実は昨日ほとんど眠ってなくてね。おかげで眠くて仕方ない」

やっぱり、とリーフィアは思った。この人も昨夜『新月の貴婦人』を捕まえるために城を巡回《じゅんかい》していた兵士の中に混じっていたらしい。

　昨夜さんざん兵士に追いかけられたリーフィアは少し意地悪な気持ちになった。そもそもリーフィアが『新月の貴婦人』に間違《まちが》えられて追いかけられることになったのも、彼が原因だ。

「確かブラッドリーさんはエーヴェルト殿下の護衛《ごえい》ですものね。そんなに寝不足でも王子様を守って戦えるなんて、さすがです」

　無邪気《むじゃき》さを装《よそお》ったリーフィアの言葉は青年――ブラッドリーの痛いところをついたらしい。

「も、もちろん。寝不足であろうと俺がいる限り殿下には指一本触《ふ》れさせはしないさ」

　そう告《つ》げるブラッドリーの笑顔はどこか引きつっている。

　彼――ブラッドリー・アスマンはアスマン伯爵家《はくしゃくけ》の次男《じなん》で、フォルシア国の王太子であるエーヴェルト王子の護衛をしている。剣を扱《あつか》うにしてはやや細身ながらも腕《うで》の方は確からしく、兵士たちからは一目《いちもく》置かれている……らしい。らしいという伝聞形《でんぶんけい》になってしまうのは、まだリーフィア自身は彼が剣を振るっている場面を見たことがないからだ。

　リーフィアが彼について直接知っていることといえば、きりっとした顔立ちと明るく朗《ほが》らかな性格で女性にも人気があること。エーヴェルトとは幼馴染《おさなな じ》みでその彼に若干《じゃっかん》振り回されているということだけだ。

「ところでそのエーヴェルト殿下は？」

リーフィアはキョロキョロと見回しながら尋《たず》ねる。ブラッドリーはエーヴェルト王子の護衛としていつも傍《そば》にいなければいけないはずだが、ここには彼一人しかいなかった。

「ああ、殿下は――」

ブラッドリーは答えかけてリーフィアの後ろに視線を向けて小さく笑った。

「今いらっしゃった」

次の瞬間、背後《はいご》から伸びてきた手によってリーフィアの小さな身体が宙《ちゅう》に浮いた。

「きゃあ!?」

「おはよう、フィラン」

仰天《ぎょうてん》するリーフィアの耳に、艶《つや》やかな声が響《ひび》く。ハッとして振り向いたリーフィアは、至近距離《しきんきょり》から見上げる印象的な碧《あお》の瞳とかち合い、自分が彼の腕の中に抱き上げられていることを知る。

「ちょ、ちょっと殿下！　下ろしてください！」

けれどその訴《うった》えを彼――エーヴェルト王子は無視し、彼女を抱き上げたままきゅっと抱きしめる。

「だめだめ。数日ぶりなんだから、もうちょっと抱かせて欲しいな」

「ひぃ」

いくら外見は十歳の子どもであろうと、本来はうら若き乙女《おとめ》であるリーフィアには耐え難《がた》い状況だった。何しろ相手はフォルシア国で一、二を争うほどの美形と人気を誇《ほこ》る男性だ。振り向けばすぐ目の前にきりっとした眉《まゆ》に長い睫《まつげ》、そこから覗《のぞ》く碧い瞳と涼《すず》やかな目元、高い鼻梁《びりょう》に形のよい唇と、まるで一級の芸術品のような造形美《ぞうけいび》がそこにあるのだから。

美形家族の中で育ったリーフィアでも、家族以外の美しい異性《いせい》に抱き上げられ見つめられて、平常心《へいじょうしん》でいられるわけがない。

顔を真っ赤に染《そ》めてプルプル震《ふる》えていると、それがますます相手を嬉《うれ》しがらせたようだ。

「可愛《かわい》いなぁ。猫《ねこ》みたいだ」

――助けろ！　いや、助けてくださいー！

リーフィアはこの場にいる第三者、すなわちブラッドリーに救いを求める視線を送った。

ところがブラッドリーは額《ひたい》に手を当てて、リーフィアには看過《かんか》できないような台詞《せりふ》を呟《つぶや》いたのである。

「……やっぱり幼児性愛病者《ロリコン》か……？　俺の主君《しゅくん》は幼児性愛病者なのか……？」

幼児性愛病者はリーフィアにとっては自身の不幸の発端《ほったん》であり原因だった。

――幼児性愛病者《ロリコン》は滅《ほろ》びろ……！

目をカッと見開くとリーフィアは力の限り叫んだ。

「今すぐ下ろせぇぇ――――！」

……その後、ブラッドリーを巻き込んで若干もめた後、リーフィアはようやく解放されたのだった。

「あのですね、エーヴェルト殿下。フィランは城で飼《か》っている犬や猫じゃないんですから、見るたびに抱き上げるのはどうかと思うのですが！」

「いや、小さくて可愛いから、ついつい、ね」

「ついついじゃねえよ！」

敬語《けいご》をかなぐり捨ててエーヴェルトを諫《いさ》めるブラッドリーに感謝の目を向けつつ、リーフィアは王子が手の届かないところまで距離を取った。それから会話を続けている二人に声をかける。

「あの、私そろそろ行きますね。システィーナ様が待っておられるので」

すると二人はリーフィアの方を振り返って笑顔になった。

「おう、ご苦労様」

「行ってらっしゃい。フィラン」

「失礼します」

リーフィアはスカートをつまんでちょこんと頭を下げ、その場をそっと離れた。

エーヴェルトたちはリーフィアの姿が十分離れたのを確認すると再び話し始める。けれどその話題は先ほどとはまったく異《こと》なっていた。

「殿下。昨夜、例の『新月の貴婦人』が出たそうです。俺は出くわさなかったのですが、何人かが目撃《もくげき》していました」

「僕も今さっき報告を聞いたよ。目撃情報をまとめるとやっぱりこの間僕らが見た女性と同じらしいね」

「まさか本当に新月に出るとは思いもしませんでした。ますます言い伝えの『新月の貴婦人』みたいですね」

「そうだね。でも……」

そんな会話が途《と》切《ぎ》れ途切れに聞こえてきて、リーフィアは歩きながら口をキュッと引き結んだ。この分だと次の新月は兵士が更に増えていることだろう。

――もっと用心しないとダメね。捕まるわけにはいかないんだから。

そう、目的を果たすまでリーフィアのもつ秘密を知られるわけにはいかないのだ。わずか十歳で侍女《じじょ》見習いとしてシスティーナ王女に仕《つか》えている「フィラン・ウェインティン伯爵令嬢《れいじょう》」が、彼らの捜す『新月の貴婦人』であることを。

リーフィアが大人と子ども――二つの姿を持っていることを。

1章　二つの姿を持つ娘

十八年に及ぶリーフィアの人生は、ちょうど十歳を境《さかい》として二つに分けられる。

そのうち最初の十年が彼女の人生の最高潮《さいこうちょう》だったのだと、今にして思う。残りの八年はいわばどん底人生だ。

そう、リーフィアの人生は十歳で終わったも同然なのだ。


リーフィアは美形一家として名高い名門貴族《きぞく》、ウェインティン伯爵家《はくしゃくけ》の長女として生まれた。

美男美女カップルとして名高い両親の、これまたいいところを継《つ》いだらしく、わずか九歳にして将来は当代一美人になること間違いなしと謳《うた》われていた。

ちなみに四歳年上の兄リードや三歳年下の弟レインもこれまたキラキラしいまでの美形だ。彼ら一家はどこに行っても目立っていた。その美形兄妹《きょうだい》の中でも特に注目を浴《あ》びていたのがリーフィアだ。

極上《ごくじょう》の絹糸のような白銀《はくぎん》の髪に、宝石《アメジスト》を思わせる紫《むらさき》の瞳《ひとみ》。長い睫《まつげ》が影を落とす頬《ほお》は滑《なめ》らかでシミ一つない。細い鼻梁《びりょう》にピンク色の小さな唇《くちびる》。その姿はどこから見ても愛らしく、完璧《かんぺき》で、芸術品とまで称《しょう》されていた。

彼女の輝《かがや》くような笑顔は誰をも魅了《みりょう》し、リーフィア自身もそれをどこか当然だと思っていた。自分の容姿に驕《おご》っていたつもりはなかったが、みんながリーフィアに注目しその容《よう》貌《ぼう》を褒《ほ》めそやし、特別扱《あつか》いするのが当たり前になっていたのだ。

——そんなリーフィアの順風満帆《じゅんぷうまんぱん》だった世界がひっくり返ったのは、十歳の誕生日だった。

母方の実家であるアーゼンタール侯爵《こうしゃく》夫妻はその日、十歳を迎《むか》える孫娘《まごむすめ》のために屋敷《やしき》で大々的なパーティーを開いてくれた。リーフィア一家はまだ当時赤《あか》ん坊《ぼう》だった妹のフィランを除《のぞ》き、全員でそのパーティーに出席していた。そこであの忌《い》まわしい男に遭遇《そうぐう》してしまったのだ。

祖父母《そふぼ》は親しい友人らを招《まね》いたそのパーティーの余興《よきょう》として、旅芸人の一座を雇《やと》っていた。その中にあの男——イエルド＝エクレフがいた。

一座は中庭で曲芸やナイフ投げ、舞踊《ぶよう》などの芸を次々と披露《ひろう》し、招待客《しょうたいきゃく》を大いに沸《わ》かせた。十歳になったリーフィアも彼らの技《わざ》に夢中になって手を叩《たた》いて歓声《かんせい》をあげたものだ。

一座の最後の見世物として出てきたのは、一人の男だった。まだ若く、至《いた》って普通の外見で、取り立てて何か披露できる技があるようには見えなかった。けれど彼が手を振り上げて何かを唱《とな》えた次の瞬間《しゅんかん》、中庭に突然大きな虹《にじ》がかかり、人々は感嘆《かんたん》の声をあげた。

男は魔法使いだったのだ。

魔法を扱う人間はそれほど多くはない。魔法を教える学校があるわけではなく、弟子《でし》を取って教えるのが一般的だからだ。その中で才能のある者は王城《おうじょう》に雇われて、国専属の魔法使いとなる。そうでない者は市井《しせい》に交じって魔術で生計《せいけい》を立てたり、薬を売ったりしている。

イェルド＝エクレフと名乗る魔法使いは、旅芸人一座に身を寄せ、簡単な術を芸として披露する道を取ったようだった。

魔法などめったに見られる機会がない招待客は、彼の技に大いに沸いた。

魔法使いは虹を出し、花を降らせ、光る幻影《げんえい》の蝶《ちょう》たちを舞い上がらせた後、このパーティーの主役であるリーフィアの前に来て、跪《ひざまず》いて言った。

「誕生日おめでとうございます、美しいお嬢様《じょうさま》。私からお嬢様に贈り物をさせていただいてもよろしいでしょうか？」

もちろん否《いな》やがあるわけない。リーフィアはにっこり笑って承諾《しょうだく》した。人々はあの魔法使いが今度は何を披露してくれるのかと期待に満ちた目で二人を見守った。

「お嬢様。お嬢様はとても美しい。その無垢《むく》なる愛らしさは稀《まれ》なる至宝《しほう》です」

男はリーフィアの美しさを褒《ほ》め称《たた》える。当時のリーフィアにとっては聞きなれた賛美《さんび》だった。だから彼女を見る男の目が妖《あや》しく輝いていることに気付かなかった。

おかしいと思いだしたのは男が続けてこう言ってからだ。

「けれど、やがてお嬢様のその無垢さは消えていき、世俗《せぞく》に汚《よご》れ、醜《みにく》い大人の雌《めす》になっていくことでしょう。お嬢様、私はお嬢様のその汚《けが》れなき美しさが損《そこ》なわれていくことに耐《た》えられません。よってその愛らしい姿をずっと留《とど》めることのできる魔法を贈らせていただきます」

言うなり男の口から不思議な呪文《じゅもん》めいた言葉が流れた。そのとたん、リーフィアの身体《からだ》に雷《かみなり》に打たれたような衝撃《しょうげき》が走る。けれどそれは一瞬だけですぐに消え去った。

衝撃の後、リーフィアの身体には何の変化も起きなかった。けれど、呆然《ぼうぜん》としながらもリーフィアには分かった。

——何かされた。

それは確信にも近い思いだった。

男はリーフィアを見て満足そうに笑う。

「これであなたのその美しさが損なわれることはありません。……ああ、でも、その美しさを愛《め》でるのは私だけでいいかな？」

男の言葉と何も起こらなかったことに対して、見守っていた人々がざわめき始める。リーフィアと同じく男の言動に呆然としていたリードがハッとなった。

「リーフィア、下がって！　そいつ何かおかしいぞ！」

リードは妹を庇《かば》うべく前に飛び出した。けれどその時はもう遅かったのだ。男の口から呪文が放たれる。

——直後、リーフィアは再び雷に打たれたような衝撃を感じた。けれどそれもすぐに収束《しゅうそく》する。

……先ほどと同じように身体に何も変化はないように感じられた。けれど、そう思ったのは彼女だけだった。

「……リーフィア……？」

リードが仰天《ぎょうてん》したようにリーフィアを見ていた。リードだけではなく、両親も祖父母も、招待客もみんな呆然とリーフィアを見ていた。

そんな中リーフィアだけはみんなの反応に目を瞬《またた》かせ、何がおかしいのかと不思議そうに自分を見下ろしてみる。その際《さい》に、髪の毛が頰の両脇《りょうわき》にかかり、そこでようやく自分に起きた変化に気付いた。

「髪の毛が……!?」

リーフィアの髪は母親譲《ゆず》りの美しい白銀だった。銀と金を混ぜたような淡《あわ》い金色で、月の光のようだと賞賛《しょうさん》されていた。その自慢《じまん》の髪が濃《こ》い茶色——褐色《かっしょく》に変化していたのだ。

けれど、リーフィアの変化は髪の毛だけではなかった。

「きゃあああ！　私のリーフィアが……！」

リーフィアの母親の悲鳴が中庭に響《ひび》き渡る。固まったままだった人々はその声でざわめき始めた。

「ああ、なんということでしょう」

「むごいことを……」

人々の視線がリーフィアに注《そそ》がれる。それは今までとは違って驚愕《きようがく》と動揺《どうよう》と哀《あわ》れみの視線だった。

男が変えたのは髪だけではなく、リーフィアの容姿《ようし》も変えていた。白銀の髪はよくある褐色の髪へ。宝石のようだった紫の瞳は黒に近い茶色へ。尖《とが》った鼻先は角《かど》をなくした。絶世《ぜっせい》の美少女と称された美貌《びぼう》は、どこにでもいる平凡な姿へと変えられていたのだった。

――その後に起こった大騒動《おおそうどう》は、あれから八年経《た》った今でも思い出すのが辛《つら》いほどだ。

招待客は騒然《そうぜん》となった。母親は半狂乱《はんきょうらん》になり、ウェインティン伯爵は動揺が激しい妻を宥《なだ》めるのに忙しい。リードも突然姿を変えたリーフィアにどうしたらいいのか分からずに遠巻きにしている。

そしてリーフィアは――ただただ立ち尽《つ》くしたまま困惑《こんわく》していた。自分の身に起こったことがまだ信じられなかったのだ。

そんな中、リーフィアの姿を変えた魔法使いイェルド＝エクレフは人々が大騒ぎをしているうちに姿を消した。

「また会いましょう。愛《いと》しいお嬢様」

そう言い残して。

祖父が使用人たちに命《めい》じて捕《つか》まえさせようとした矢先のことだった。魔法を使ったのか、使用人の手が男に触《ふ》れる直前、その姿がかき消えるようにいなくなったのだ。

すぐに周辺を捜索《そうさく》させると共に、祖父は同じく起こった出来事に呆然としていた旅芸人の一座を捕《と》らえた。

アーゼンタール侯爵はあの魔法使いをこの屋敷に招き入れたことに責任を感じて、何としても捕らえて孫娘を元に戻すのだと決心していた。だが、旅芸人一座に魔法使いの居所を吐《は》かせようとしても、彼らはイェルド＝エクレフがどこに行ったのかまったく知らなかった。心当たりもないらしい。なぜなら件《くだん》の魔法使いはほんのひと月前、隣国《りんごく》での興行《こうぎょう》中《ちゅう》に一座に加わったばかりだったからだ。

更に問題があった。

誰も具体的に魔法使いイェルド＝エクレフの顔が思い出せないのだ。侯爵も、一ヵ月共に暮らしていたはずの旅芸人の一座も、リーフィア自身もあれだけのことをされたのにまるで男の風貌《ふうぼう》を覚えていなかった。

若かったのは覚えている。髪の色も瞳の色も、よくある茶色で、容姿も取り立てて目立つところがなかったのは覚えている。けれど、具体的に思い出そうとしてもその顔はやはりぼやけていて、まるで形にならなかった。似顔絵を描《か》かせるのも苦労したほどだ。

おそらく男は魔法を使って自分に関する記憶《きおく》を消したのか、それともはじめから認識《にんしき》を阻害《そがい》する術を己《おのれ》にかけていたかのどちらかなのだろう。いずれにしろ、その場限りの思いつきの犯行《はんこう》ではないことを窺《うかが》わせた。

一方、リーフィアはショックで寝込んだ。熱が下がった後も、自分で自分を認められなかった。鏡《かがみ》を叩き割り、ベッドにうずくまって泣く日々が続いた。そんな彼女を家族もどう扱ったらいいか分からなかったようだ。

母親はリーフィアの姿が平凡《へいぼん》な姿に変わってしまったことを嘆《なげ》き、父親は娘を守れなかったことを悔《く》やみ続けた。リードも幼《おさな》いレインも姿を変えてしまった姉妹《しまい》にどう接したらいいのか分からないようで近づいてこなかった。

そんな家族の態度がリーフィアをさらに傷つけた。でなければもっと早く現実を受け入れることができただろう。

誰でもいい。嘆くリーフィアを抱きしめて「姿が変わろうがお前は大事な家族だ」と言ってくれたらどんなに彼女の心は慰《なぐさ》められたことだろう。けれどようやくその慰めが与えられた頃にはすでにリーフィアの心はねじれまくっていた。

——私の中身は何も変わっていないのに。やっぱり大事なのは外見なのね。

もちろんリーフィアは家族を愛していたし、家族が自分を愛していることを知っていた。けれど、もう前のように無邪気《むじゃき》に無償《むしょう》の愛を信じることはできなかった。

更にリーフィアの心をねじくれさせたのは、平凡になった自分への周囲の反応だった。ちやほやされていた前と違い、今は誰に注目されることもなくなった。笑顔一つで特別扱いされることを享受《きょうじゅ》していたリーフィアにとって、その態度の落差《らくさ》は堪《こた》えた。

——彼らが認めていたのは私の外見だけ。中身ではないのだわ。

それでも姿が変わってしばらくは元に戻れると信じていた。イェルド＝エクレフが捕まればリーフィアにかけられた魔法は解くことができる。そうすれば何もかも元通り、そう信じていた。ところが姿が変わって半年後、リーフィアの元にもたらされたのは、件の魔法使いイェルド＝エクレフが事故で死んだという知らせだった。

父やリーフィアの祖父が放った追っ手から逃《のが》れるために隠れ住んでいた小さな街で、馬車に轢《ひ》かれて亡《な》くなっていたのだ。潜伏《せんぷく》していた場所を特定し、捕まえようとしたほんの矢先の出来事だった。

もう、元の姿に戻る方法は失《うしな》われたのだ。

祖父はイェルド＝エクレフの行方《ゆくえ》を追わせている間、別の魔法使いにリーフィアを診《み》てもらっていた。魔法というのは術をかけた当人以外でも方法さえ分かれば解くことができるからだ。

けれど誰もリーフィアの術は解けなかった。ツテを辿《たど》って何人もの魔法使いに診てもらった、みな言うことは同じだった。

『ご令嬢《れいじょう》にかけられた魔法は一般的な魔法ではなくかなり特殊《とくしゅ》なものです。今までこんな術は見たことがない。いえ、術自体がはっきり見えないのです。何の魔法が使われたのかも分からない以上、解くことはできません』

となれば、イェルド＝エクレフの命が失われたことは、すなわちリーフィアが元の姿を取り戻せる希望が潰《つい》えたということに他ならなかった。

リーフィアやその家族をはじめ、彼らに協力する貴族たちも肩を落とした。

けれどわずかな希望も残っていた。侯爵の古い知り合いで、かつて宮廷《きゅうてい》魔法使いだったという老人がリーフィアを見て、何の魔法であるか特定してくれたのだ。

それによると、どうやらリーフィアにかけられた魔法は「月魔法」と呼ばれる古くてとうに廃《すた》れた魔法だったらしい。けれど、今では月魔法の詳《くわ》しい全貌《ぜんぼう》を知っている者は、古代魔法の研究者でもいるかどうかあやしい。そして老人も、それが本当に月魔法であるか確信《かくしん》がないのだという。

『おそらく件の魔法使いは独自《どくじ》に古代魔法を研究していたのでしょうね。その資料が残されていればあるいは……』

けれど、イェルド＝エクレフの遺品《いひん》はリーフィアの絵姿のみで研究資料はなく、彼の足跡《そくせき》や出身地、誰に魔法を習ったのかすら定《さだ》かではなかった。

そんな中、リーフィアは姿が変えられたことなどたいした問題ではなかったと思い知らされる事実を突きつけられた。

イェルド＝エクレフがリーフィアにかけた魔法は二つだった。姿が変えられたのはイェルド＝エクレフが放った二度目の魔法のせいだろう。だったら初めの魔法は？

その答えは嫌《いや》な事実と共に数年後に明らかになった。

——リーフィアの姿は十歳からまったく成長しないのだ。リーフィアはいつまで経っても少女の姿のままだった。

「奴《やつ》の言っていたことはこれか……」

リードが唸《うな》る。リーフィアを前にイェルド＝エクレフが話していた言葉から、彼が幼児性愛病者《ロリコン》ではないかと疑っていたのだが、奇《く》しくもこれで証明される形になった。

あの男はあろうことかリーフィアの成長を止め、永遠に十歳の姿のまま留めるという魔法をかけたのだ。おそらくは一度目の、何も変化がなかったかに見えたあの魔法がそうだったのだろう。

リーフィアにとっては美貌を損なう以上にこれが大問題となった。平凡な姿になるのはまだいい。元の姿をそもそも知らなければ今のこの容姿でもいいと言ってくれる相手と幸せになることもできたかもしれない。

けれど自分は永遠に十歳なのだ。

こんな自分を相手にしてくれるのはそれこそ幼児性愛病者《ロリコン》なくらいなものだろう。

だが幼児性愛病者と結婚するなど冗談《じょうだん》ではない。そもそもこうなった原因が幼児性愛病者の変態《へんたい》魔法使いのせいなのだから。


——幼児性愛病者《ロリコン》は滅《ほろ》びろ！

毎晩のように吐き捨てているリーフィアに、かつての美少女の面影《おもかげ》はもうなかった。


月魔法について何も情報が得られないまま時だけが過ぎていった。

十八歳になった今もリーフィアの姿は相変わらず十歳当時のままで、「リーフィア・ウェインンティン」の名前は貴族社会では事実上存在を抹殺《まっさつ》されたも同然になった。姿を変えられただけならまだ社交界に出ることは可能《かのう》だったかもしれないが、この子ども姿のままでは永遠に不可能だ。

表向きリーフィアは病気になり、遠い地で静養中《せいようちゅう》ということになっている。リーフィアの姿が変えられたことを知る貴族たちは、平凡な姿のままでは恥《は》ずかしくて出て来られないのだろうと考えているようだが、状況はもっと悪かったのだ。

——見た目のことはいい。さすがに八年もの間毎日見続けてくるといい加減《かげん》にこの容姿にも慣れる。むしろ昔の姿に戻った方が違和感《いわかん》を覚えるかもしれない。だけどこのまま年を取らないのだけはごめんだ……！

リーフィア自身も年を重ねるごとに焦《あせ》ってきていた。三歳下の弟にはとうの昔に追い抜かれ、今度は事件当時まだ赤ん坊だった妹のフィランがそろそろ十歳になろうかという年になってきている。あと数年もすれば追い抜かれてしまうだろう。

「姉さま、姉さま」

と舌《した》っ足《た》らずな声で自分を慕《した》ってくれる可愛《かわい》いフィランにも抜かれ、そのうち「姉さま、可愛い。大丈夫よ、姉さま。姉さまは私が一生守ってあげるから」などと言い出したりしたらきっとリーフィアは死にたくなってしまうに違いない。

「大丈夫だよ、姉さま。一生僕が面倒《めんどう》見てあげるから」

最近とみに成長著《いちじる》しい弟のレインにも、そっくり同じ言葉を言われている。

「って、冗談じゃないわ。妹や弟に子ども扱いされて世話されるくらいなら修道院《しゅうどういん》に行った方がまし。いいえ、絶対にその前に元の姿を取り戻す……！」

……とは言うものの、ツテのツテを辿って探してもらっても、月魔法のことを詳しく知っている人物はまだ見つかっていなかった。

そんな折、情報は意外なところからもたらされた。

リーフィアの兄リードは軍に所属《しょぞく》している。彼は今首都《しゅと》を離れ、一年間の期限で国境《こっきょう》警備団《けいびだん》の団長としての任《にん》についていた。その兄が先日、短い休暇《きゅうか》で屋敷に戻ってくるなり言ったのだ。

『筆頭《ひっとう》魔法使いラディム＝アシェル様が月魔法のことをご存知《ぞんじ》かもしれない』と。

「国境警備についている部下の一人に、魔法使いとして弟が城に勤《つと》めているという者がいたんだ」

その部下の弟が何かの折に言っていたことをリードに語ってくれたのだという。

筆頭魔法使いであるラディム＝アシェルは、彼の前に筆頭だった師匠《ししょう》から〝古代魔法の研究を受け継いでいる〟と。更に師匠の研究をまとめた書物が城の図書館のどこかにあるのだと。

それは八年目にしてようやく摑《つか》んだ有力な情報だった。

けれど、相手が魔法使いの筆頭であるラディム＝アシェルというのが問題だ。

彼の名は魔法に明るくないリーフィアでも、最年少で筆頭――すなわち長《おさ》の座についた、天才魔法使いだということで知っていた。相当な人間嫌《ぎら》いで、人前にめったに姿を見せないということも。

祖父母である侯爵のツテを頼ったとしても、彼と繋《つな》がりを持つのは難《むずか》しいと思われた。フォルシア国の魔法使いの頂点に立つラディム＝アシェルを動かせるのは、おそらく王族だけだろう。

事情を説明して内密《ないみつ》にリーフィアを診てもらう――そんな普通の魔法使い相手なら簡単にできる依頼が、ことラディム＝アシェルにだけはかなり困難であることは想像に難《かた》くなかった。

「大丈夫だ。兄さまにまかせておけ。国境警備の任務期間があけたら、近衛団《このえだん》に入ることが決まっている。近衛団は王族方の身辺警護を担当しているから、ラディム＝アシェル様と会う機会もきっとあるだろう」

兄のリードが、肩を落とすリーフィアを慰める。

けれど、リードの国境警備団への派遣《はけん》期間が終わるのは一年半も先の話だ。リーフィアはそんなに待てなかった。

――ようやく見つかった元の姿を取り戻す重要な手がかり。それが、あの城の中にある！

だが、招待されていない人間が用もなく簡単に城の中に入ることはできない。

手をこまねいて悶々《もんもん》とする日々を過ごしていたある日、意外なところから突破口《とっぱこう》が見つかった。

祖母《そぼ》である侯爵夫人が母を訪《たず》ねてきて、こう切り出したのだ。

「システィーナ王女が、遊び相手になりそうな貴族の子女《しじょ》を侍女見習《じじょ》いとして探しているそうなの。条件はある程度高位の貴族の出で、王女様のお歳《とし》である十二歳より年下、だそうよ。それでね、フィランなんかどうかしらと思って」

「フィランを？」

母親は目を丸くする。祖母は頷《うなず》いた。

「ええ。そろそろ十歳になるあの子なら条件にピッタリじゃない？　王女様の侍女を務《つと》めたとなると、将来結婚相手を探す時も有利《ゆうり》になるわよ」

どうやら祖母は妹のフィランに、システィーナ王女付きの侍女見習いになることを勧《すす》めるために訪ねてきたらしい。

祖母に挨拶《あいさつ》するために出向いたリーフィアはたまたまその話を聞いてしまい、「これだ！」と内心叫《さけ》んだ。

システィーナ王女の侍女になれば、ラディム＝アシェルと顔を合わせる機会もきっとあるだろう。それに、休日や休憩《きゅうけい》時間に城の図書室に行って例の研究書を捜すこともできる。

「でも、お母様。ご存知のとおり、あの子は年のわりに幼くて、とても王女様の遊び相手にはなれないわ。きっと粗相《そそう》をしてしまう」

母親はその美しい眉《まゆ》を寄せて困ったよう言った。

確かに妹のフィランはもうすぐ十歳になるというのに、存外《ぞんがい》幼かった。甘《あま》えん坊《ぼう》で姉のリーフィアにべったりなのだ。きっと自分にも原因はあるのだろうとリーフィアは思う。

あの事件当時は赤ん坊だったために、唯一《ゆいいつ》リーフィアの元の美貌を知らず、あるがままの姿の姉を純粋《じゅんすい》に慕ってくれるフィラン。そんな彼女をかなり甘やかした自覚はあった。

それでも同じように甘やかされ、ちやほやされて育った十歳当時のリーフィアよりも、フィランの言動は幼い。母親が危惧《きぐ》するのももっともだった。

「お母様、やっぱりこの話はなかったことに……」

リーフィアは二人に向かって口を挟《はさ》んだ。

「私がフィランとしてシスティーナ王女様の侍女見習いになるわ」

「リーフィア!?」

母と祖母がぎょっとしたようにリーフィアを振り返る。そんな二人にリーフィアは笑顔を向けた。

「外見は十歳だから問題ないわ。それに中身は十八歳ですもの。フィランが行くよりずっとうまくやれるはずよ」

「そ、そりゃあ、あなただったら粗相はないでしょうけど……でも……」

母親はオロオロとしながら言う。驚《おどろ》きから立ち直った祖母がその言葉を継いで、真剣《しんけん》な眼差《まなざ》しでリーフィアに問いかけた。

「でも、リーフィア、新月の夜はどうするの？　誰かに見られでもしたら？」

——そう、それが唯一の問題だ。

リーフィアはそっと唇を噛《か》む。

十歳の頃のまま成長の止まったリーフィアだが、実は月に一度だけ元の姿を取り戻すことができる。

新月の日没《にちぼつ》後から日が昇《のぼ》るまでの約半日。その夜の間だけリーフィアの姿は年相応《としそうおう》の姿に——白銀の髪に紫の瞳の、美しい造形《ぞうけい》に戻るのだ。

理由は分からない。けれどリーフィアにかけられた魔法が「月魔法」であると老魔法使いが判断したのは、この事実があったからだ。彼は新月の間だけリーフィアが元に戻れることから、月の満《み》ち欠《か》けと何か関係があるのだろうと考えたようだった。

「その間だけ、どこかに隠《かく》れていればいいわ。十歳の侍女見習いを夜の間まで働かせるとは思えないもの」

リーフィアは考え考え言った。彼女はどうしても城に行って、自分の力で事態《じたい》解決の糸口を探したかったのだ。

この八年もの間、リーフィアはただ引きこもっていた。誰もそれを止めなかったし、むしろ増長《ぞうちょう》させていた。家族は最初の戸惑《とまど》いから立ち直ると、すっかりリーフィアに対して過保護《かほご》になっていたのだ。そんな彼らにとって引きこもりはむしろ歓迎《かんげい》するべきことだった。

リーフィアはそれに甘んじて過ごしてきた。家に引きこもって朗報《ろうほう》を待つ。自分から動いたことも働きかけたこともなく、常に受身《うけみ》のままだった。

それがいつから変わったのだろう？

たぶん、リーフィアが家に引きこもっている間に家族は確実に時を重ねて、自分は置いていかれる一方なんだと身にしみたときだ。弟や妹の成長は嬉《うれ》しい。けれど、辛かった。引きこもって助けを待っているだけじゃ何も変わらない。この先もずっと置いていかれるだけだと悟《さと》ったとき、それは嫌だと思った。

……だったら、いい加減に自分を哀れむのはやめて、殻《から》から出ないと。

「私に行かせて、お母様。お祖母様《ばあさま》」

リーフィアは二人に、やがて父と祖父も加わり、渋《しぶ》い顔をする四人に訴《うった》えた。四人は当然反対したが、リーフィアの熱意《ねつい》と説得にとうとう根負けして、一年間だけという条件付きで許可を出してくれたのだった。それだけなら成長しないことがバレないですむだろうと。

幸い、一番反対するであろう兄のリードは国境警備からしばらく帰ってこない。シスコるだろう。

ンを拗《こじ》らせつつある弟のレインも寄宿学校《きしゅく》に入っていて、戻ってくるのは次の夏休みにな

「姉さま、行っちゃイヤ！」
意外にも説得が大変だったのは妹のフィランだったが、三ヵ月に一度は帰省《きせい》すると約束
すると渋々頷いてくれた。
その三ヵ月に一度の帰省も、自分の身が危ないと思ったらすぐに暇《ひま》を願い出て帰ってく
ることも、城に行くにあたり両親たちが出した条件だった。
リーフィアはこれを聞いた瞬間、痛いほど自分に対する愛情を感じた。暇を願い出たり
したらウェインティン伯爵家の印象は悪くなるし、推薦《すいせん》した祖父母の顔にも泥《どろ》をぬること
になるだろう。それでも帰ってこいと、名誉《めいよ》や家名《かめい》よりもリーフィアが大事だと示してく
れたのだ。
――皆に絶対迷惑《めいわく》はかけまい。そして元の姿を取り戻して帰ってきてみせる。そうリー
フィアは心に誓《ちか》った。
侯爵家の推薦が効《き》いたのか、思いのほか簡単に「フィラン・ウェインティン」はシステ
ィーナ王女の遊び相手に決まる。
こうしてリーフィアはフィランとして城にあがることになったのだった。

2章　城は出会いがいっぱい

侍女《じじょ》見習いに決まって一ヵ月後、リーフィアはリリアンという侍女に連れられて、城の廊下《ろうか》をスティーナ王女の部屋へと向かって歩いていた。

「姫様の部屋は私たちの部屋からは少し遠いけど、道順は分かりやすいからすぐに覚えられるわ」

「はい」

「あとで案内するけど、城の一角《いっかく》には迷路《めいろ》みたいに入り組んだ場所もあるの。慣れるまで迷子《まいご》になりやすいから気をつけてね」

「分かりました、リリアンさん」

真面目《まじめ》な顔でリーフィアが頷《うなず》くと、リリアンは朗《ほが》らかに笑った。

「フィランは十歳なのにしっかりしているわね」

「そ、そうですか？」

リーフィアはぎくりとした。しっかりしているのは当たり前だ。外見は十歳でも中身は十八歳なのだから。

——しまった。もう少し子どもっぽく振る舞うべきだった？

内心ヒヤヒヤしていると、リリアンは笑いながら続けた。

「よかったわ。甘《あま》えん坊《ぼう》ですぐ泣く子だったらどうしようかと思っていたの。そんな子じゃ姫様の話し相手は勤《つと》まらないもの。さすが侯爵家《こうしやくけ》の推薦《すいせん》だけあるわ」

「あ、ありがとうございます」

そう答えながらリーフィアは苦笑《くしよう》する。なぜなら本物のフィランはまさしく甘えん坊で泣き虫だったからだ。おまけに人見知りが過ぎてフィランを知っている人が極端《きよくたん》に少ないため、こうしてリーフィアが楽に成《な》り代《か》われるわけだが。

「頑張《がんば》りますので、よろしくお願いします、リリアンさん」

「リリアンでいいわ。年の差はあるけど、同じ主《あるじ》に仕《つか》える同僚《どうりよう》なんだもの」

リリアンは艶《つや》やかな黒髪に深い青色の瞳《ひとみ》を持つ、落ち着いた雰囲気《ふんいき》の女性だ。年は二十《はた》歳《ち》だという。リーフィアとは部屋が同室で、彼女が色々と教えてくれることになっている。

「これはうちの姫様の方針《ほうしん》なの。姫様の前では親の身分に関係なくみんなが同僚であり同等っていうのがね。フィランもそうしてちょうだい」

王族の侍女になれるのは貴族《きぞく》の子女《しじよ》だけだ。現にリーフィアは伯爵家《はくしやくけ》の令嬢《れいじよう》だし、リリアンも子爵家《ししやくけ》の出だ。貴族の間では親の身分で上下関係ができやすく、派閥《はばつ》などもできて争《あらそ》いのもとになる。それを避《さ》けるためにシスティーナ王女は「自分の侍女でいる間は身分を忘れなさい」と厳命《げんめい》したそうだ。

リーフィアは感嘆《かんたん》した。システィーナ王女は確かまだ十二歳だったはずだ。それなのに、それだけのことが言えるとは、フィランと二歳違いだとは思えない。

「すごいのですね、システィーナ姫様は」

「私たちの自慢《じまん》の姫様よ」

満面の笑みでそう言った後、リリアンはふと何かを思い出したようにリーフィアに尋ねた。

「そういえば、フィランは姫様を知っていて？」

「直接お会いしたことはありません。でも肖像画《しょうぞうが》でお顔は拝見《はいけん》してます」

王族の肖像画は何年かごとに制作され、一般国民にも公表される。確か最新のものは王女が十歳の時の肖像画だったはずだ。金色の巻き毛と青い瞳を持つ小さな愛らしい女の子が微笑《ほほえ》みながら見返しているその肖像画は、とても印象的で、リーフィアの記憶《きおく》にもよく残っている。

ところがリーフィアの言葉にリリアンは苦笑を浮かべながらこう言ったのだった。

「フィラン。悪いことは言わないから、あの肖像画のことは頭から消した方がいいわ」

「え？　それは、一体……？」

どういう意味かと問いかけたリーフィアの言葉は最後まで言うことができなかった。両脇《りょうわき》に警護《けいご》の兵士が立っている扉《とびら》の前にたどり着いたからだ。

「姫様のお部屋はここよ。さぁ、入りましょう」

その白い大きな扉の前で、リーフィアはごくりと息を呑《の》んだ。

「あなたがフィラン？　わたくしがシスティーナよ。よろしくね」

リリアンの謎《なぞ》めいた言葉の意味は、数人の侍女を脇に従《したが》えたシスティーナ王女を一目見てすぐに分かった。

豪奢《ごうしゃ》な椅子《いす》に座ったシスティーナは、確かにあの肖像画のように金色の巻き毛と宝石のような青い瞳を持った美少女には違いなかった。けれど、ドレスの胸元を押し上げる立派《りっぱ》な胸と、すらりと伸びた肢体《したい》はどう見ても子どもには見えなかった。

——システィーナ王女は十二歳ではなかったかしら……？

リーフィアはぽかんと口を開けた。目の前の女性はどう見ても十五歳以下にすら見えない。あの肖像画に描かれていた小さな女の子は……一体？

「ふふ。驚《おどろ》いたみたいね」

システィーナにも、そしてその周囲にいる侍女たちにもくすっと笑われていることに気

付いてリーフィアはハッとし、慌《あわ》ててドレスをつまんで頭を下げた。

なんたる失態《しったい》！

「は、初めまして、システィーナ様。フィラン・ウェインティンです。その……申し訳ありません！」

「いいのよ、気にしないでちょうだい、フィラン。ここ数年、初めて顔を合わせる人はみんな同じ反応を示すの」

笑いを含《ふく》んだ声に、リーフィアが恐《おそ》る恐《おそ》る顔をあげると、システィーナは気を悪くした様子もなく、にこにこと笑っていた。その顔には確かに肖像画の面影《おもかげ》があった。

「わたくしは本物のこの国の第一王女システィーナだし、あの肖像画もまぎれもなくわたくしの二年前の姿なのよ、フィラン。肖像画を描かせた直後から自分でもびっくりするくらいめきめき成長してしまったの」

苦笑しながらシスティーナが言う。その周囲もびっくりな成長ぶりはもちろん魔法などではなく、自然にそうなってしまったらしい。

「でも更に大きくなりそうなのよね。またドレスのサイズを直さないといけないわ」

ため息をつきながらシスティーナが見下ろしたのはバーンと張り出した自分の胸元だった。思わず釣《つ》られて自分の胸を見下ろしてしまったリーフィアは、その絶壁《ぜっぺき》ぶりに落ち込んだ。もちろん、今の姿は十歳なのだから当たり前だが、目の前のシスティーナの胸は新月の夜のリーフィアよりも立派だったからだ。

——何これ、羨《うらや》ましすぎる……！

十歳からまるで成長しない自分と比べてギギギとハンカチを噛《か》み締《し》めたくなったリーフィアだが、システィーナには逆に育ちが早すぎることで別の苦労もあるようだった。

「実はあなたに話し相手として城に来てもらったのは、このことと無関係ではないの」

システィーナはそう言うと、自分の傍《そば》に控《ひか》える侍女たちに声をかけた。

「みんな、準備はいい？」

「ええ。姫様。もちろんですとも。準備はバッチリです」

お仕着《しき》せの侍女服を着た彼女たちは一斉《いっせい》にエプロンのポケットから巻尺《まきじゃく》を取り出し、目盛《めも》りの入った帯を引き出しながら不敵《ふてき》に笑う。中には巻尺ではなく紙とペンを手にした侍女もいた。

「フィラン。頑張るのよ」

「え？　リリアン？」

隣《となり》に立っていたリリアンが気の毒そうな表情を浮かべながらつつーと離れていく。呼び止める間もなかった。巻尺を持った侍女集団がリーフィアにじりじりと迫《せま》っていたからだ。

異様《いよう》な雰囲気にリーフィアの腰が引けた。嫌《いや》な予感を覚えて思わず一歩下がってしまう。

――が、遅《おそ》かったらしい。

「始めなさい」

にっこりと笑みを浮かべたリリアンが命令したとたん、リーフィアは侍女たちに取り囲まれた。

それからは怒濤《どとう》のようだった。

「フィラン！　両手を横に伸ばして！」

「そう、いい子ね。そのままじっとしててね！」

「丈《たけ》はこのドレスくらいがいいかしら？　それとも床《ゆか》につくくらい？」

「両方作ればいいわ！」

「肩幅《かたはば》と手の長さは――」

「胴回りは測《はか》ったわ。記録《きろく》して！」

「足のサイズも忘れないで！」

「あの、あの……？」

リーフィアはあっちこっちを測られ、あげくに下着姿にまでされ、また測られた。

――何？　一体何なの……!?

何も分からないままリーフィアはただただ翻弄《ほんろう》される。

それをシスティーナはにこにこ笑いながら眺《なが》めていた。

一時間後、システィーナの部屋を出たリーフィアはぐったりとしながらリリアンと廊下を歩いていた。

「つ、疲《つか》れた……」

「ご苦労様、フィラン。大変だったわね」

労《ねぎら》うリリアンをリーフィアはうつろな目で見上げた。

「つまり、着せ替え人形が主《おも》な仕事なのですね……」

測られた後、着替えている間にも侍女たちはどこからか色とりどりの布やレースを持ってきてリーフィアの身体《からだ》に当て、この色は合うだとか、合わないだとか議論《ぎろん》をしていた。

聞けばその布や別の場所に保管《ほかん》してあるドレスなどはあの肖像画を見た貴族たちがシスティーナに贈《おく》ってよこしたものの一部だという。言われてみれば総レースやピンクなどの、可愛《かわい》らしい色合いのものが多かった。あの肖像画の美少女ならさぞ似合っていただろう。ところがどっこい、二年前ならいざ知らず。今のシスティーナは可憐《かれん》というよりは艶《あで》やかな美女になりつつある。自分でも言っていたが、可愛らしいデザインのドレスや小物が悲しいほど似合わなくなっていた。

そのため、せっかくもらったものを活用することなく、贈り物はどんどんたまっていく一方だった。そこで対策《たいさく》として考えたのが、生地《きじ》をふんだんに使ってドレスを仕立て、王妃が毎年主催《しゅさい》している慈善《じぜん》事業のバザーに「王女が身につけたドレス」として出品することだった。

これなら贈り物をした貴族たちは、売られていくものとはいえ、システィーナがちゃんと使ってくれたということで満足するだろうと。もっとも、実際着るのはシスティーナではなくリーフィアなのだが。

そしてリーフィアの役目はそのドレス作りの生きた型紙でありマネキンだった。二年前のシスティーナの体型が今のリーフィアとほぼ同じなのだという。それがまさしく「フィラン」が侍女見習い候補《こうほ》の中から選ばれた理由だったのだ。祖父母《そふぼ》である侯爵の推薦はまったくの無関係だった。

リーフィアはうんざりしながら悟《さと》る。どうりで王女の話し相手の条件が「システィーナより年が若い令嬢」だったはずだ。城から遣《つか》わされて面談にやってきた初老の侍女長が、じろじろとリーフィアを上から下まで眺めていたのも頷ける。

「でもね、姫様が近い年齢《ねんれい》の話し相手を欲しがっていたのも事実なのよ」

リリアンはとりなすように言った。

「姫様の周辺に同年代の子どもはいないもの。だからかしら、年上に囲まれているせいもあって、とても言動《げんどう》が大人っぽくてらっしゃるの。でも、今日の姫様はいつになく年相応《としそうおう》だったわ」

「は、あ……」

確かに侍女に交《ま》じって笑いながらドレスのデザインの見立てに加わっていた様子は、とても子どもっぽく見えた。……いや、実際の年齢《ねんれい》相応に思えた。きっといつもはあんなにはしゃいだりはしない人なのだろう。

「姫様の楽しそうな姿を見ただけでもフィランに来てもらってよかったわ。大変だけど、来年になって姫様の新しい肖像画が発表されればこんな騒《さわ》ぎも収まるから、それまでしばらく私たちに付き合ってちょうだい？」

「……はい」

柔《やわ》らかく微笑んで頼まれれば、嫌とは言えなかった。それに城に来たことを自分の目的のために利用しようとしているのはリーフィアの方だ。そのために着せ替え人形になることなど安いものだ。

「ところで、今日のフィランの予定は姫様との顔合わせだけなの。これから部屋に戻って少し休む？　それともまだ元気があるなら城を案内しましょうか？」

システィーナの部屋がある王族たちの住まう居館《きょかん》を出ながら、リリアンが尋ねた。確かに顔合わせですでにぐったりしていたが、リーフィアには今すぐ行きたい場所があった。リリアンを見上げておずおずと口を開く。

「図書館の場所を教えてもらえないでしょうか？」

この城の図書館のどこかに月魔法について書かれた本がある、と兄のリードは言っていた。それがどこにあるかは不明だし、もしかしたら公開されていない書物なのかもしれない。けれど、リーフィアには幸いツテがあった。

二年前から彼女に勉強を教えてくれている初老《しょろう》の家庭教師イーヴ先生が、城にあがるという彼女を心配して、何かあったら友人の孫《まご》を頼るようにと言ってくれたのだ。聞けばその孫は城で図書館司書《ししょ》として働いているらしい。

図書館司書と聞いて、リーフィアは神の采配《さいはい》に感謝した。図書館司書であるその孫と親しくなれば閉架《へいか》の書庫に特別に入れてもらえるかもしれないのだ。これを使わない手はない。

リーフィアの言葉にリリアンは目を丸くした。まさか十歳の子どもが城に来た初日から図書館に行きたいと言うとは思ってもみなかったらしい。

「フィランは本が好きなのね？　でも城の書物は子ども向けのものは少ないかもしれなくてよ？」

「あ、いえ。私の家庭教師をしている方のお知り合いが図書館司書として働いているらしいのです。それでご挨拶《あいさつ》をと思い……」

その言葉を聞いたリリアンがいきなり足を止め、リーフィアに向き直った。

「図書館司書⁉　もしかして……カミロ？」

ずいっと近づきながら尋ねてくるリリアンの迫力《はくりょく》に、リーフィアはすっかり圧《お》されながら頷いた。

「え、ええ。そうですカミロさんです」

「そう、カミロに……」

リリアンは呟《つぶや》くと、いきなりリーフィアの手を取って言った。

「図書館に行きましょう、フィラン。今すぐ案内するわ！」

「え？　あ、あ、ありがとう……ございます？」

半《なか》ば引きずられるように歩きながら、リーフィアはいきなりのリリアンの豹変《ひょうへん》に唖然《あぜん》としていた。落ち着いた人だと思っていたのに、リーフィアの手を取って廊下をずんずん歩いていく彼女はとてもそうは見えない。

――一体、何が……？

訳が分からないまま、いくつかの回廊《かいろう》を経《へ》てリーフィアがたどり着いた場所は、一つの独立《どくりつ》した建物だった。それほど大きくはなく、何の変哲《へんてつ》もない建物だ。ところが中に入ったリーフィアは驚きに目を見張《みは》った。

「す、すごい……」

そこには広い空間が広がっていた。中央は吹き抜けになっていて、天井《てんじょう》に飾られたステンドグラスから柔らかな光が差し込み館内を照らしている。吹き抜けの下は背の低い棚《たな》が整然《せいぜん》と並べられていて、それらを三層《さんそう》に作られた壁《かべ》一面の書棚がぐるりと取り囲んでいた。まさに圧巻《あっかん》の光景だ。

「ここがこの城の図書館なんですね！　すごいたくさんの蔵書《ぞうしょ》……」

けれど、それをゆっくり眺めて感嘆している暇《ひま》はなかった。

「あ、カミロがいたわ！」

低い本棚の一角で、手を伸ばして本を棚に仕舞《しま》おうとしている茶色の髪をした二十歳前後の男性を見つけると、リリアンがリーフィアの腕《うで》を取ったまま彼の方に向かって歩きだしたからだ。

ここまでくればさすがに恋愛事には興味のないリーフィアでも分かる。要するにリリアンはカミロに気があるのだ。

「カミロ！」

人気《ひとけ》のまばらな図書館にリリアンの声が響《ひび》く。すると本を手にしたまま彼が振り返った。綺麗《きれい》に切りそろえた濃《こ》い茶色の髪がさらりと揺《ゆ》れる。

「やあ、リリアン」

振り返ったカミロはリリアンの姿を認めてにこっと笑った。

リリアンの陰《かげ》からその姿を近くで見たリーフィアはおや、と思った。何と言うか……思ったより普通の男性だったのだ。顔立ちも地味で、今のリーフィアと同じような黒い目も、肩先で切りそろえられた褐色《かっしょく》の髪も、この国ではありふれたもので、リリアンのような美人に好かれるような要素はないように見えた。

「こんな時間にどうしたの？　まだ仕事中だろう？　来ても大丈夫なのかい？」

首をかしげるカミロに、リリアンは慌てて身体をずらしてリーフィアを示した。

「あ、この子が、カミロに挨拶したいっていうので……」

「こんにちは、初めまして。フィランといいます」

リーフィアはリリアンの助太刀《すけだち》をするつもりで前に出てぺこりと頭を下げた。リーフィアの姿を見たカミロは目を丸くし、それから納得《なっとく》できたというように頷いた。

「なるほど、君がイーヴさんの手紙にあったウェインティン伯爵のご令嬢だね」

カミロはリーフィアの前で腰を屈《かが》め、目線を合わせると微笑《びしょう》を浮かべた。

「初めまして。僕はカミロ。ここの図書館司書をしているんだ。イーヴさんから話は聞いてるよ。まだこんな小さいのに城で働くなんて大変だろう。何かあったら相談に乗るから、遠慮《えんりょ》なく言ってね」

「はい」

頷きながらリーフィアは目の前の青年に好感《こうかん》を持った。人を見下ろしながら話す大人が多い中、ちゃんと目線を下げて話をしてくれたのが好印象だ。

名字《みょうじ》を名乗らなかったところをみると、平民出身なのだろうと察《さっ》しはつく。それでも今の王になってから平民出も出世できるようになってきているので、昔に比べると貴族と平民の垣根《かきね》は低くなっていると言えよう。

——これは、リリアンを応援《おうえん》してあげなければ！

密《ひそ》かにリーフィアは決心する。

「本が好きなんだってね？　いつでも遊びに来るといい。案内してあげるよ」

「ありがとうございます」

人の好《よ》さそうな顔を見上げてリーフィアはにっこり笑った。カミロも笑顔を返すと立ち上がり、リリアンに向き直る。

「リリアンもこの子のことよろしく頼むね」

「ええ。もちろんよ」

……頬《ほお》を染《そ》めて彼に頷くリリアンは、とても可愛く見えた。

「リリアンはカミロさんが好きなんですね」

図書館を出た後、部屋に戻りながらリーフィアは尋ねた。

「え？　あ、やっぱり分かっちゃう？」

リリアンは一瞬《いっしゅん》だけ焦った顔を見せたものの、すぐに認めて苦笑を浮かべた。

「カミロさんのどういうところが好きなんですか？　その……この城にはもっと見目の良

い人がたくさんいるじゃないですか」

今は国境警備《こっきょうけいび》に当たっているリーフィアの兄のリードをはじめとして女性に人気の高い貴公子《きこうし》たちは他にもまだまだたくさんいる。

その中にはリリアンと身分がつりあう男性も当然いるだろう。それなのに、なぜ容姿《ようし》も普通で平民出のカミロなのかとリーフィアが不思議に思ってしまうのも無理はなかった。

リリアンは頬に手を当てて少し考えた後、こう答えた。

「改めて聞かれると困るけど……そうねぇ、私も最初はただの人のいい男性だとしか思ってなかったのよ。姫様の本を借りに行ったり返したりしているうちに少しずつ話すようになって、仲がよくなっても、異性《いせい》という感じじゃなくて……。でも普通の男性は知り合って少しでも仲が縮《ちぢ》まるとすぐに言い寄ってくるの」

「なるほど……」

どうやら美人なだけに男性関係では苦労しているようだ。

「でもカミロは親しくなっても全然そういう気配がなくて。それで安心して話しかけていたら、いつの間にか好きになっていたのよ。でも今度は全然友だち以上になれなくて」

「彼のいいところだと思ったところが今度は障害《しょうがい》になったというわけですね」

「そうなの」

力強く頷いた後、リリアンは不意《ふい》に口元に手を当てて、不思議そうに呟いた。

「……フィランと話をしていると何だか同年代の人と話しているみたいだわ」

「そ、そうですか？」

リーフィアは内心冷《ひ》や汗《あせ》をかく。しまった。つい十歳を装《よそお》うことを忘れて地が出てしまった！　慌てて取《と》り繕《つくろ》うように言う。

「兄弟《きょうだい》がいっぱいいますから。あと、本をよく読んでいるからだと思います！」

「ああ、だからフィランはこんなにしっかりしているのね」

リリアンは納得したように何度も頷いた後、片目をつぶってこっそり言った。

「もう少し頻繁《ひんぱん》に彼と話す機会が欲しいの。だからあなたを彼に近づく手段《しゅだん》にしちゃっていいかしら？　たとえば図書館にフィランを迎《むか》えにいくついでにカミロと話をする、とか」

「もちろんです！　協力します！」

リーフィアはぐっと拳《こぶし》を握《にぎ》って承諾《しょうだく》する。

頼られたのが嬉《うれ》しかったし、リリアンとこういう恋愛話をするのがとても楽しかった。

――友だちと話すって、こんな感じなのだろうか？

リーフィアは姿を変えられてから屋敷《やしき》に閉じこもり、家族以外との付き合いを避けていたため友だちと呼べる存在がいなかった。魔法にかけられる前も同じだ。何となく同年代の子どもからは遠巻きにされていた。

けれどそれを不満に思ったことはない。姿が変えられる前は家族がいたから寂《さび》しくはなかったし、十歳以降は自分にかけられた魔法のことを考えるだけで精一杯だったからだ。

でも今、初めてそれが不自然だったことに思い至《いた》る。

……もし、姿が戻らなくても、家に帰ったらもう少し親類《しんるい》以外とも付き合うようにしよう。そう決心しながらリーフィアは顔をあげてリリアンに微笑んだ。

「どんどん私をダシにしてくださいね！」

☆

城に来てから十日ほどが過ぎたその日の朝、システィーナの部屋を訪《おとず》れたリーフィアはいつもとは違った雰囲気に目を丸くした。

システィーナの侍女たちはみんな優秀《ゆうしゅう》で、見目もよく、仕事をサボったりすることはない。いつ来ても、テキパキと働くか、もしくはシスティーナの横にぴしっと控えている姿しか見たことがなかった。

けれど、今日はどうもおかしい。ソファに腰をかけ、本に目を落としているシスティーナを他所《よそ》に、なぜか彼女たちは部屋を整えている。掃除《そうじ》は通常システィーナが公務《こうむ》で部屋を留守《るす》にしている時にするはずなのに。しかもなぜか地に足がついてない感じだ。全員ではないが、半数以上がそわそわとしていて、心ここにあらずのようだった。

「あ、あの……？」

システィーナは顔をあげ、戸口で戸惑《とまど》っているリーフィアに気付き、手でおいでおいでと招《まね》いて笑った。

「そういえばフィランは初めてだったわね」

「何がですか？」

座るように示され、システィーナの向かいの席に腰を下ろしながらリーフィアは首をかしげる。今日は何かあっただろうか？　侍女見習いとして城にあがったとはいえ、まだまだ子どものリーフィアには普通なら伝えられるべき重要事項を教えてもらえないこともしばしばだった。

もっとも、意地悪で教えてもらえないのではなく、朝早くからの出仕《しゅっし》を特別に免除《めんじょ》されているため、侍女長から伝えられる重要事項の申し送りの時間にいないからだ。

「今日は何か重要な行事でもありましたっけ？」

「彼女たちにとっては重要かもしれないわ」

システィーナは本をテーブルに置きながらクスクス笑った。

「国境の警備の視察《しさつ》に出かけていたお兄様が一ヵ月ぶりに帰ってくるって先触《さきぶ》れがあったのよ。だからみんな落ち着かないの」

「だって姫様！　一ヵ月もあの麗《うるわ》しいお姿を見れなかったんですよ！　もう寂しくて寂し

くて」

侍女の一人がリーフィアたちの会話を聞いて訴《うった》えた。そこへ、ちょうどお茶のセットをワゴンに載《の》せて運んできたリリアンが微笑みながらリーフィアに分かるように説明してくれる。

「王太子《おうたいし》のエーヴェルト様は、現在城を留守にしてらして、戻ってくると必ず姫様の部屋まで挨拶に来てくださるの。ごく身近で殿下を見れて、しかもお声をかけてもらえるかもしれない貴重な機会だから、みんな朝から浮《う》き足立《あしだ》っているのよ」

「なるほど」

リーフィアももちろんこの国の王太子であるエーヴェルト王子のことは知っている。引きこもりだった彼女の耳にも噂《うわさ》は届いていたし、直接会ったことはないが、二年前に描かれた十八歳当時の姿の肖像画なら見たことがあった。

近くで会えると知って侍女たちが浮かれるのも無理はない。何しろエーヴェルトは金髪《きんぱつ》碧眼《へきがん》の美男子というだけではなく、優しい気品のある顔立ちで、乙女《おとめ》なら誰もが心に思い描く「物語の中の王子様」が抜け出してきたような容姿だったからだ。しかもその見目どおりの性格で、誰にでも優しく公正だという。

まさしく女性の夢を具現化《ぐげんか》したような「憧れの王子様《プリンス・チャーミング》」――それがエーヴェルト王子なのだ。

そしてみんなのこの反応を見る限り、システィーナと違って今の姿も肖像画と大きくかけ離れてはいないらしい。

「フィランはまだ小さいから分からないでしょうけど、本当にエーヴェルト様は素敵なのよ！」

侍女の一人が頬を染めて言った。彼女は確か故郷《こきょう》に婚約者がいると言っていたような気が……？

「役者にキャーキャー言っているようなものよ」

クスっと笑いながらもリリアンが冷静に指摘《してき》する。彼女はカミロという思い人がいるせいかエーヴェルト王子に自国の王子としての尊敬《そんけい》の念はあっても憧《あこが》れてはいないようだ。

「エーヴェルト様は二十歳……でしたっけ？　でもまだ婚約はされていないんですよね？」

貴族の中には生まれながらにして婚約している者までいる。王族、ましてや王太子ならばとっくに結婚していていい年だ。けれど、エーヴェルト王子の結婚相手についての噂は聞いたことがない。

お茶が入ったカップを持ち上げながらシスティーナが口を挟《はさ》む。

「ええ。もうお相手が決まってもいい年なんだけど……もちろん、諸外国《しょがいこく》から色々お話はきているのよ。でもお兄様が全然その気にならないようなの。お父様たちものんびり構《かま》えていて特に急がせようとはしていないし」

「それでいいんです！　殿下にはまだしばらくみんなの王子様でいて欲しいです！」

一人の侍女が言うと、エーヴェルトに憧れている他の侍女たちもうんうんと頷いた。

「お兄様も大変ね」

苦笑しながらそう言った後、システィーナはテーブルにカップを置いてみんなに声をかけた。

「さて、あなたたち、そのくらいで十分でしょう？」

とたんに忙しく部屋を整えていた侍女たちの手がピタッとやんだ。

「お兄様がおいでになるのはおそらく午後になってからよ。それまでずっとそうしているつもりなの？」

「……申し訳ありません」

みんなはシュンとなった。頭が冷えて、主《あるじ》そっちのけで浮かれていたことにようやく気付いたらしい。

「分かったなら、いつものあなたたちに戻ってちょうだいね」

システィーナはにっこりと艶やかな笑みを浮かべる。その姿はとても十二歳には見えなかった。

「はい！」

皆はそう返事して動き始める。けれどそれはさっきまでの浮かれた動作とは違い、いつものテキパキした有能《ゆうのう》な彼女たちのものだった。

エーヴェルト王子の帰城《きじょう》は自分には関係のないこと。そう思っていたリーフィアだったが、思いもかけない自由時間をもらえることになった。

午後の予定が午前中に前倒しになったり入れ替わったりした結果、システィーナに付き合って受ける予定だった外国語の授業が急遽《きゅうきょ》中止になったためだ。

システィーナたちの着せ替え人形になる時間は午後になり、それまでの時間がぽっかり空《あ》いた。

「時間まで好きにしていいって。……こんなに楽でいいのかなぁ？」

リーフィアは図書館に向かって城の廊下を歩きながら呟く。

「フィラン」はまだ子どものため、侍女としての仕事はさせてもらえない。重いものや壊《こわ》れ物《もの》、それに貴重品は持たせてもらえず扱《あつか》えるものといえばリネン類がせいぜい。他にできることといえば、他の部署《ぶしょ》へお遣いに行くくらいだ。

つまり、侍女見習いとしてまったくの役立たずなのだ。

それなのに、十歳という異例《いれい》の若さで城にあがったことへの特別措置《とくべつそち》でシスティーナと共に勉強まで学ばせてもらっている。骨の折れる仕事といえば、着せ替え人形になることくらいだが、それもだいぶ慣れつつある。

確かに親元から離れて城で生活しなければならないことは、十歳の子どもには辛《つら》いことかもしれないけれど……中身が十八歳であるリーフィアにとっては何でもないことだ。それなのにこんなに楽をさせてもらっていいのかと少しばかり後ろめたさを感じていた。

この時間、リリアンは働いているし、システィーナだって公務などの予定をこなしているのに……。

「でも私も暇なわけじゃない。やらなければならないことがあるんだから」

リーフィアは首を振って罪悪感《ざいあくかん》を振り払うと図書館へ急いだ。


あいにくと図書館にカミロはいなかった。

「カミロ？　ああ、あいつなら今日は休みだから出勤《しゅっきん》してないよ」

たまたま司書らしき男性を見つけ、声をかけて聞いてみると、そんな答えが返ってきた。

どうやら今日はたまたまカミロの公休日だったらしい。

リーフィアは司書にお礼を言うと、魔法学の書物が置いてある棚へ向かった。

考えようによってはカミロがいない今が専門書の棚をしっかり確認するチャンスなのかもしれない。何しろ見かけどおりリーフィアが十歳だと思っているカミロは、子ども向けの本が置いてある一角にばかり案内しようとするのだ。

　彼の目があるうちは不審《ふしん》に思われないために専門書の棚には近づけなかったが、休みだというのなら堂々と目当ての本を捜《さが》し出すことができるだろう。

　そのうち自分がちゃんと字も読めるし、大人向けの一般書も理解できることを伝えようとは思っているが、まだまだ知り合って間もないため、不審に思われそうな行動は禁物《きんもつ》だ。

　何しろリーフィアはフィランだと偽《いつわ》って城に来ている。万が一発覚したらリーフィアは王族を謀《たばか》った罪《つみ》で捕《つか》まり、処罰《しょばつ》される。自分だけならまだいいが、実家のウェインティン伯爵家だけでなく、フィランを推薦した祖父母にまで累《るい》が及ぶだろう。

　それだけは避けなくてはならない。リーフィアは改めて肝《きも》に銘《めい》じると、整然と立ち並ぶ本棚を見上げた。

　順番に棚を巡《めぐ》り、魔法学の本が置いてあると思われる棚にたどり着く。そこは吹き抜けの下にある背の低い棚の一角で、図書館の出入り口から完全に死角《しかく》になっている場所だった。

「魔法……魔法……」

　まるで呪文《じゅもん》のように唱《とな》えながらリーフィアは背表紙を目で辿《たど》って、魔法について書かれた本を探していく。やがて順番に辿っていった先に、ようやく「魔法」という文字が見つかり、顔を綻《ほころ》ばせた。

ところがすぐにリーフィアは難点《なんてん》に気付く。なんと魔法についての項目《こうもく》は棚の上の方、リーフィアには手が届かない位置にあったのだ。

棚はそれほど高くなく、大人だったら手を伸ばせば上の段まで十分届くだろう。けれど十歳の身長では背伸びしてもかすりもしなかった。周囲を見回しても、台になるようなものはない。大人の身長だったら台は必要がないからだ。

「せっかくここに魔法の本があるのに……！」

リーフィアは地団駄《じだんだ》を踏《ふ》む。魔法学の項目があったからといって、あの中に捜している月魔法について書かれた本があるとは限らない。けれどリーフィアにとって、八年目にしてようやく摑《つか》んだ手がかりを目の前に、お預《あず》けを食らっているような気分だった。

「く……う……」

諦《あきら》めきれずにつま先立って手を伸ばす。でもあと少しというところで届かない。

――大人の姿だったら簡単に取れるのに……！

悔《くや》しくなるのはこんな時だ。大人だったら。本来の姿だったら。思うようにならない身体が悔しくてたまらなくなる。

そのうち伸ばした腕とつま先立った足が辛くなりプルプル震《ふる》えだした。

やっぱりだめかと諦めて手を下ろしかけた時――その声は聞こえた。

「ここの本が取りたいんだね？　はい」

「え？」

ふわっといい香りがしたかと思うと、身体が急に浮いた。足は床から離れ、瞬《まばた》きをしている間に取りたくてたまらなかった魔法の本の背表紙が視界に入った。

リーフィアは突然の出来事に何が起こったから分からず、一瞬呆然《ぼうぜん》となる。

誰かが身体を持ち上げている……？

慌てて後ろを向くと、金色のキラキラした髪がまず目に飛び込んできた。次に目に入ったのは、鮮《あざ》やかな青緑色の瞳だ。リーフィアの黒茶色の目と視線が合い、その瞳が柔らかさと、気のせいじゃなければ笑いを含んで彼女を映し出していた。

リーフィアはしばし晴れた日の海を思わせるその青に見とれ、それからハッとなった。

目の前の人物が誰だか分かったからだ。

この整いすぎた顔も、きらきらしい金髪も、碧《あお》い瞳も、リーフィアは知っている。

「……エーヴェルト殿下《でんか》？」

そのリーフィアの呟きにエーヴェルトは答えずにっこりと笑った。

「これで本取れるかな？」

「は、はい」

そう答えながら、リーフィアの意識は完全に本から離れ、自分を抱き上げているエーヴェルトに向かっていた。

――どうして王太子がこんなところに？　いつの間に帰城していたのだろう？

でも間違いない。このキラキラした美形はエーヴェルト王太子だ。肖像画から抜け出たような……いや、二年前より更に魅力的《みりょくてき》になった「王子様」が自分を抱き上げ、至近距離から見つめている。

天井のステンドグラスから入る柔らかな光を受けて、黄金色の金髪が淡《あわ》く透《す》き通《とお》るような光を放っていた。すっと通った鼻筋《はなすじ》も、やんわりと弧《こ》を描く唇《くちびる》も、完璧《かんぺき》な位置に配置され、まるで一級の芸術品のようだ。

……芸術品。そう、今まで肖像画でしか知ることのなかった彼の容姿は、リーフィアからしたら生身《なまみ》を伴《ともな》っていない観賞用《かんしょうよう》の美術に過《す》ぎなかった。ところが今その存在が長い睫《まつげ》に縁取《ふちど》られた深い青緑の瞳に好奇心《こうきしん》を湛《たた》えてじっとリーフィアを見つめていた。

「君はシスティーナの遊び相手として呼ばれた子だね。あの子からの手紙に書いてあったよ。こんな小さいのに妹のわがままにつき合わせてすまないね」

エーヴェルトの顔を呆然と見ていたリーフィアは慌てて口を開いた。

「い、いえ。システィーナ殿下にはとてもよくしていただいてます。あの、フィラン・ウエインティンと申します」

リーフィアの言葉を聞いて、エーヴェルトは相好《そうごう》を崩《くず》した。

「よろしくね、フィラン。僕はエーヴェルト。システィーナの兄だ」

……存じております。ええ、よく知っておりますとも。分からないのは、なぜ図書館などにいるのかということです——と、言いたい気持ちを抑《おさ》えて、リーフィアは別のことを口にした。

「あの。もう見ましたので、大丈夫です。ありがとうございました」

暗《あん》に下ろしてくださいというニュアンスを込めて言う。けれど、エーヴェルトはリーフィアを下ろす気配もなかった。

「あれ？　取らなくていいの？」

「はい。捜していた本とは違うようなので……」

棚の方に視線を戻す。ざっと背表紙と題名を見た感じ、そこにあるのはリーフィアの求める本とは違うようだった。

「そこは魔法の項目だよね。魔法の何が知りたかったの？」

「今は廃《すた》れてしまった魔法のことが書かれた本です」

つい答えてしまってからリーフィアは慌てて口を閉じた。

しまった。こんなことまで言うつもりじゃなかったのに。けれどこの人の柔らかく落ち着いた口調《くちょう》で尋ねられるとなぜかついポロッと口に出てしまったのだ。

リーフィアの答えにエーヴェルトもさっと棚に目を走らせた。

「昔の魔法か。そうだね、ここにあるのは現代魔法の体系やその理論だし、内容も一般向けのもののようだね。もっと専門的なものは閉架《へいか》にあるのだろう」

「閉架……」

やっぱり閉架か。カミロにお願いして何とか閉架の書庫に入れてもらうしかないだろう。

そう考えていると、エーヴェルトはリーフィアを抱いたまま棚を移動し始めた。

「え？」

「でも別の分野の棚に入ってるかもしれないから、少しまわってみようか。うちの図書館は本の大きさによっても分けて収蔵《しゅうぞう》している場合があるからね」

そう言ってエーヴェルトは壁の棚の方に向かっていく。

「え？　そうなんですか？」

「ああ。棚の一段一段の高さが固定されているから、大きさが合わないものは別の棚に入れられているんだよ」

「ああ、なるほど！」

初めて聞く事実に気を取られ、リーフィアは床に下ろしてもらう機会を失ったことに気付かなかった。

リーフィアはエーヴェルトの腕に抱き上げられたまま、狭《せま》い棚の間を抜けていく。十歳の子どもの身長では絶対に見られない目線の高さにワクワクしながらも、なぜ自分は一国の王太子に抱っこされているのだろうかと自問した。けれど当然答えが出るはずもない。

そろそろ誰かに本気で咎《とが》められる前に下ろしてもらうべきだろう。エーヴェルト本人が好んでやっているとはいえ、一国の王子を足代わりにするとは不敬《ふけい》もいいところだ。

「あの、エーヴェルト殿下。そろそろ……」

「見つけましたよ、殿下！」

下ろしていただけますか、という言葉は突然図書館に響いた声にかき消された。

「やっぱりここに隠れていたんですね！」

「あーあ、見つかってしまったか……」

小さく呟くと、エーヴェルトはリーフィアを抱いたまま声のした方を振り返ってにっこり笑った。

「やあ、ブラッドリー。ご苦労様」

エーヴェルトがリーフィアを抱っこしたまま振り向いたということは、自然と彼女も声のした方を向かざるを得ないということである。そうして不本意ながら共同体としてエーヴェルトの視線の先に目を向けたリーフィアは、そこで険《けわ》しい顔をした二十歳すぎの赤毛の青年を見つけて首を竦《すく》めた。

赤銅《しゃくどう》色《しょく》の髪を無造作《むぞうさ》に後ろで括《くく》り、腰に長剣を差したその青年はどう見ても怒っていた。

「やあ、じゃないですよ！　交代した国境警備兵の慰労《いろう》式典に出席する予定だったのに、何を勝手に姿を消しているんですか！」

青年は足音も荒くズカズカとエーヴェルトに近づきながら、まくし立てる。

「陛下《へいか》への帰城の報告もまだでしょうが！　俺が怒られるんですよ！　さぁ、今からでもいいから行きま……」

エーヴェルトの手前まで来て、彼はようやくリーフィアの存在に気付いたようだった。まじまじと彼女の顔を見つめた後、血相《けっそう》を変えて叫《さけ》んだ。

「お、お前はまた何を拾ってるんだよ！　犬猫《いぬねこ》ならともかく人間の子どもはマズイだろう⁉」

「拾う？」

いきなり敬語《けいご》をすっ飛ばして主に詰《つ》め寄《よ》る青年にもびっくりだが、それよりもリーフィアは彼の言った台詞《せりふ》の方が気になった。

「今すぐ戻してこい！　俺は幼児誘拐犯《ようじゆうかいはん》を主に持った覚えはないぞ！」

どうやら彼はエーヴェルトがどこかでリーフィアを拾って連れまわしているものと思ったらしい。口ぶりからして、色々と拾いものの前科《ぜんか》もあるようだ。

――もしかしてエーヴェルト殿下って危ない人なのだろうか？

子どもとみれば連れていきたそうなそぶりをしたことがあったのかもしれない。幼女《ようじょ》と二人きりでいる姿を見て部下に即《そく》そんな想像をされるということは、そう思わせる要素《ようそ》があったからにちがいない。つまり……幼児性愛病者《ロリコン》の気が……。

何ということだろう……！　まさか「みんなの王子様」と謳《うた》われるあのエーヴェルト王太子が幼児性愛病者《ロリコン》かもしれないなんて。

だが、そう考えればいつまで経《た》っても婚約者が決まらないのも納得できる。

ざわりと背筋《せすじ》に冷たいものが走った。それを誤解したのか、エーヴェルトはリーフィアに小さな声で「大丈夫だよ」と言った後、赤毛の青年に咎めるような表情を向けた。

「人聞きの悪いことを言わないでくれ、ブラッドリー。それに怒鳴《どな》るのもなし。フィランが怯《おび》えるだろう？」

いいえ、怯えているのはあなたにです、とは言えないリーフィアだった。

「この子とは今ここで出会って、手の届かない棚の本を見せていただけだ。さすがの僕も人間の子どもを気に入ったからって拾うわけないだろう？　この子はシスティーナのところの侍女見習いだよ」

「え？　ああ、もしかして、システィーナ様が探していた話し相手？」

赤毛の青年はその言葉を聞いてようやく矛先《ほこさき》を収める気になったらしい。

「そう。だから僕が拾うわけにはいかないんだ。システィーナに怒られるからね」

エーヴェルトはそう言うと、リーフィアに優しい笑顔を向けた。

「フィラン、驚かせてごめん。彼は僕の護衛《ごえい》をしているブラッドリー。幼い頃から付き合

い。
なるほど。時々敬語が飛んで口調がぞんざいになるのは幼馴染《おさななじ》みゆえの気安さからし
「そ、そうですか」
いがあるから、こんなふうに遠慮がないんだ」

リーフィアはブラッドリーに視線を向けた。その視線には多分に同情が込められている。まだ知り合ったばかりだが、何となく普段《ふだん》からエーヴェルトに振り回されているのを察してしまい、リーフィアは彼が気の毒になった。

「改めまして、先々週からシスティーナ様の侍女見習いとして城にあがりました、フィラン・ウェインティンと申します。よろしくお願いします、ブラッドリー様」

ペコリと頭を下げると、ブラッドリーは虚《きょ》をつかれたような顔をした。

「幼いのにすごくしっかりしてるんだな。びっくりした」

「だろう？」

「だからといってあなたが得意顔する理由が分かりません」

ブラッドリーは嬉しそうに笑ったエーヴェルトにピシャリとツッコミを入れた後、リーフィアの顔を見て笑顔を浮かべた。

「勘違《かんちが》いして悪かったな。俺はエーヴェルト殿下の護衛を務《つと》めるブラッドリー・アスマン。母が王子の乳母《うば》をしていた関係で生まれた時からの付き合いなんだ。よろしくな」

「はい。よろしくお願いします」

ブラッドリーはエーヴェルトとは正反対の、野性味溢《やせいみあふ》れる笑顔を見せた。けれどリーフィアからエーヴェルトに視線を移した時に、その笑顔はきれいさっぱり消えていた。

「さて、殿下、いい加減《かげん》に戻ってくださらないと困ります」

「分かった、分かった、戻るよ」

エーヴェルトは苦笑してから、そっとリーフィアを床に下ろした。リーフィアは床に足をつくことができてホッとすると同時に、幼児性愛病者《ロリコン》の疑いがあるエーヴェルトの腕から逃《のが》れることができて安堵《あんど》する。

まだそうだと決まったわけではないが、不意に以前兄のリードから聞いた話を思い出したのだ。

二十歳の誕生祝いの席で、とある高位の貴族令嬢に「好きな女性のタイプ」を聞かれたエーヴェルトはこう答えたという。

『あえて答えるならここにいる全ての女性、ということになるでしょうね』

戸惑う令嬢に、更にエーヴェルトはこう言ったらしい。

『たとえそれが十歳の子どもであろうと、八十歳のご婦人だろうと、好きになった女性が私の理想のタイプというわけです』

それを聞いた時は、王太子妃になりたがっている令嬢相手に隙《すき》を見せることなく、それでいて反感《はんかん》を買うことのない卒《そつ》のない答えだと感心したものだ。

だが今はエーヴェルトのその答えは別の意味を帯《お》びている気がして仕方なかった。

『十歳の子どもであろうと』――その答えの部分は「十歳でも守備範囲内《しゅびはんいない》である」と言っているも同然ではないか？

十歳児を恋愛対象として見られるのは、幼児性愛病者《ロリコン》だ。つまり、エーヴェルトは……。

いやいやいや、とリーフィアは首を横に振った。まだそうだと決め付けるのは早いだろう。確かにいきなり人を抱き上げたりしたが、リーフィアを見る目に初対面の人間に対する以上のものは感じられなかったし、実際ブラッドリーが来るまで危機《きき》を感じることはなかった。

そんなことを考えていると、当のエーヴェルトがリーフィアを振り返って手を振った。

「それじゃあ、僕たちは戻るよ。フィラン、また会おうね」

「え？　あ、はい」

「じゃあな、フィラン。頑張れよ」

「はい。ありがとうございます」

彼らに釣られて手を振り返しながら、リーフィアは図書館の入り口に向かっていく二人の後ろ姿を見送る。

二人がいなくなると手を下ろし、リーフィアはふぅと息を吐《は》いた。

「一体、何だったのかしら？」

まるで嵐のような二人だった。いや、一方的に騒いでいたのはブラッドリーだけだったが、その原因を作ったのは式典をサボるために図書館に隠れていたエーヴェルトだ。ある意味ブラッドリーは被害者《ひがいしゃ》だろう。

けれど、エーヴェルトと遭遇《そうぐう》して一つだけリーフィアには収穫《しゅうかく》があった。図書館に詳《くわ》しいらしい彼に手伝ってもらい目的の本を捜したが、開架《かいか》されている棚にはないということが分かった点だ。

「……閉架か。やっぱりカミロさんともっと仲良くなって入れてもらうしかないかな」

そう呟いた時だった。

——カーン、カーン、カーン。

という音が外から響いてきた。三回鳴らされたそれは、昼になったことを知らせる鐘《かね》の音だ。

「え？　もうこんな時間？」

リーフィアは愕然《がくぜん》とした。どうやら思った以上の時間、エーヴェルトと本を捜すのに費《つい》やしていたらしい。

大変だ。早く戻らないと。

リーフィアは慌てて図書館の出入り口に向かった。

この鐘の音が響いたと同時に、食堂が開かれる。城で働いている者たちは交代で食堂に食べに行くわけだが、リーフィアの場合、子どもだということで侍女控え室に毎食届けてもらっているのだ。だから他の人のように食堂に駆《か》けつける必要はないが、食事時に必ず侍女控え室に戻らなければならない。でないと迷子かと心配され大騒ぎになってしまう。一度少しだけ遅れて戻ったときがあって、あやうく捜索隊《そうさくたい》が組まれるところだったのだ。それ以降《いこう》リーフィアも遅れないように気をつけていた。

ところが、不幸なことにこの図書館からシスティーナの部屋がある居館までは迂回《うかい》する必要があり遠かった。子どもの足では更に時間がかかるだろう。

図書館を出て回廊を走るリーフィアは、少しの間逡巡《しゅんじゅん》した後、迂回しないで最短の時間で居館にたどり着ける進路を取った。

居館と図書館の間には東館と呼ばれる大きな建物がある。通常は東館をぐるりと迂回しなければならないため、距離も時間もかかるが、東館に一度入って居館へ向かう通路に出ればかなりの時間が短縮《たんしゅく》できる。

ならばなぜ普段使わずにわざわざ迂回しているかといえば、東館の中でも特に通路が入り組んでいてまるで迷路のようになっている一角を通らなければならないからだ。そこは誰でも一度は迷子になるという有名な場所だった。入り組んでいる上に、同じような印象の角と通路が続き、自分の現在位置が分からなくなってしまうのが原因らしい。

リーフィアはこの城に来た初日にリリアンから「慣れるまでは通ってはならない」と言い渡されていて、律儀《りちぎ》に今まで避けてきたのだが……。背に腹はかえられなかった。幸い、一度だけリリアンと共にその通路を抜けて居館に戻ったことがあり、道も覚えている。たぶん、間違えずにたどり着けるはずだ。

そう考えてリーフィアは東館へと入っていった。城に入って十日経ち、色々なことに慣れてきたことがリーフィアの気を緩《ゆる》ませていた。

「……しまった」

東館に入り、入り組んだ迷路のような通路に差しかかったとたん、リーフィアは自分の軽率《けいそつ》な判断を後悔《こうかい》した。

彼女は前にリリアンと共に通ったとおりの道順を辿っていたつもりだった。けれど、ふと足を止めた瞬間、本当にこの道でいいのかと迷いが生《しょう》じて動けなくなってしまったのだ。そもそもここまでの道は間違っていないだろうか？　間違ったまままこれ以上進んだら更に道を間違えてしまうのでは？

そう考えたら、足に根っこが生《は》えたようになってしまった。そして先にもいけず、戻ることもできなくなった。

――どうしよう。こうしている間にも時間が過ぎてしまう。皆が心配してしまう。

迷いに焦りが加わり、リーフィアはますます混乱した。

誰か通らないだろうかと他力本願《たりきほんがん》なことを考え、頭をめぐらした時、先の通路の一角にいる人物にリーフィアは気付いた。

白い壁に囲まれた中に、頭からつま先まで黒一色の人がいて、何もない壁に向かって何事か小さく呟いている。細身だったが、背格好《せかっこう》から見て男性のようだった。

平素《へいそ》であればリーフィアはいかにも怪《あや》しい風体《ふうてい》の人に近寄ることはなかっただろう。黒一色というのは誇張《こちょう》ではなく、その人は長い黒髪で、黒くて長いローブを身に纏《まと》い、更に靴《くつ》まで黒い。はっきり言ってとても怪しい。兵士でないことは確かだし、かといって文官《ぶんかん》にも見えなかった。

けれど、今のリーフィアには白い壁が迫る世界で、まるで救世主《きゅうせいしゅ》のように思えた。パッと顔を輝《かがや》かせると走り寄って尋ねる。

「あの、すみません！　道が分からなくなってしまって。居館に通じる通路はどこでしょうか？」

男はしばらく微動《びどう》だにしなかったが、ようやくゆっくりと顔だけをこちらに向けた。そのとたん、リーフィアはうっと少しだけ身を引いた。男は後ろ髪が長いだけじゃなくて、前髪まで長く、目が完全に隠れていたのだ。

不精《ぶしょう》にもほどがある。……いや、もしかして他人と距離を置きたくてこの髪型なのだろうか？

どうやら聞く人を間違えたようだ。けれど、ここには他に誰もいないし、一度口にしてしまったものは取り消せない。

リーフィアはおずおずと同じ質問を繰《く》り返《かえ》した。先ほどよりは慎重《しんちょう》な口調で。

「すみません。その、迷ってしまったのですが、居館に通じる通路はどっちへ行ったらいいか教えてもらえないでしょうか？」

すると男はリーフィアから顔をそらし、壁に戻しながら小さな声で答えた。

「右、右、左」

「え？」

「右、右、左」

何を言われたのかとっさに分からなかったリーフィアに、男は繰り返す。今度は手で通路を指差しながら。そこでようやくリーフィアにも男が居館への行き方を教えてくれているのだと分かった。

「あ、ありがとうございます！」

リーフィアは男の横顔を見上げ、前髪から覗き見える瞳が黒だということ、そして意外に男が若くて端整《たんせい》な顔立ちをしていることに気付く。……そして、彼がリーフィアにこの場から早く立ち去ってもらいたがっていることも。

リーフィアは男が見ていないことを知りながらぺこりと頭を下げると、示された通路を歩き始めた。

けれど、最初の角を右に曲がる前に、ちらりと一度だけ後ろを振り返る。

男は微動だにしないで、壁をじっと見つめていた。

――あの人はあんなところで、何をやっているのだろう？

疑問に思いはしたが、確かめる暇は残念ながらなかった。急いでその場から離れて、男の言うとおり、右に二回角を曲がり、その次の角を左に曲がる。すると居館に通じる広い通路に出ることができて、リーフィアは黒いローブ姿の男に感謝しながら、先を急いだのだった。

☆

黒いローブの男――ラディム＝アシェルは、城で働く人たちに「迷宮」と呼ばれている複雑に入り組んだ通路の一角をじっと見つめて小さく呟いた。

「やはり、ここが術《じゅつ》の終点《しゅうてん》、か……」

結界の張られた「魔法使いの塔《とう》」に、何者かが侵入《しんにゅう》したような痕跡《こんせき》を見つけたのは、ほんの数時間前に起こった偶然《ぐうぜん》の出来事だった。

研究室に何日も閉じこもっていたラディム＝アシェルは、業《ごう》を煮《に》やした弟子《でし》に「不健康

だから外の空気を吸ってきてくださいっス」と無理やり部屋から叩《たた》き出されたあげく中庭に追いやられてしまったのだ。

もちろんこれらは物理的な力であって、魔法ではない。国に仕える魔法使いたちの長《おさ》であるラディム＝アシェルを魔法でどうこうできる者はここにはいないのだ。けれど筋肉《きんにく》では遙《はる》かにラディム＝アシェルを凌駕《りょうが》する弟子に、物理的な力ではどうしても勝てなかった。

ラディム＝アシェルは、中庭に設《しつら》えられたベンチに座ってぼんやりと塔を囲む灰色の壁を見つめていて――不意にそれに気付いたのだ。

壁の一部に結界に穴をあけて侵入を試みた術の痕跡が残っていた。それは魔法使いたちに気付かせないように巧《たく》みに隠されていた。

「……何者だ？」

ラディム＝アシェルは眉間《みけん》に皺《しわ》を寄せた。誰にも気付かれず結界に穴をあけようとし、それを偽装《ぎそう》できるなど相当の手練《てだれ》に違いない。

更に注意深く探すと、術の痕跡は一つではなく、中には完全に穴をあけられ、魔法による外部との通路ができている箇所《かしょ》まであった。すでにそれは潰《つぶ》されていたが、つい最近まで機能《きのう》していた形跡《けいせき》があった。

通路の先まで転移の魔法を使って飛んだラディム＝アシェルは、迷宮の一角でその通路が途切《とぎ》れていることを確認した。

術者はここから魔法の通路を使って結界内に侵入していたのだ。

「――城の中に、魔法を使う敵が紛《まぎ》れている……？」

塔に所属《しょぞく》する魔法使いであれば、わざわざ結界に穴をあける必要はない。彼らに結界は無効《むこう》だからだ。つまり、この城の魔法使いではない術者が紛れ込んでいるのだ。

そして、その魔法使いがここを通路の終点としたのは、ここが迷路のように入り組んでいるためにめったに人が通らないことを知っているからだ。

「結界と、警備、強化、しないと……」

ボソボソと呟いてラディム＝アシェルは顔を顰《しか》めた。まずは侵入者について王に報告《ほうこく》しなければならないことを思い出したのだ。

――面倒《めんどう》、だな……。

軽くため息をついたラディム＝アシェルはその時、ふと別の魔法の痕跡に気付いた。

それは残《のこ》り香《が》のようにとても微《かす》かな、すぐに消えてしまいそうな痕跡で、彼ほどの魔法使いでなければきっと気付かないままだっただろう。

脳裏《のうり》に先ほど見かけた小さな女の子が浮かんだ。

「……あの子……？」

ラディム＝アシェルは、リーフィアが向かった通路をじっと見つめた。

3章 新月の出会い

——月のない夜が巡《めぐ》ってくる。

リーフィアは枕《まくら》を上掛けの中に押し込み、ちゃんと人が寝ているように偽装《ぎそう》した後、こっそり荷物を持って部屋を抜け出した。

その姿はすでに十八歳の姿に変化している。

幸い同室のリリアンは隣《となり》のベッドでぐっすり眠っているようだ。こうしてベッドで寝ているように偽装しておけば、途中で起きることがあっても真っ暗なため「フィラン」が不在だということはバレなくてすむだろう。

部屋を抜け出したリーフィアは、使用人たちが住んでいる建物と居館《きょかん》の間にある小さな中庭のベンチに腰を下ろした。ここを一夜の居場所に決めたのは、めったに警護《けいご》の兵士が見回りに来ないことを知っているからだ。

外灯《がいとう》の明かりが薄《うす》ぼんやりと中庭を照らす中、絶《た》えず水を出し続けている噴水《ふんすい》をじっと見つめながら、リーフィアは深いため息をついた。

今夜がリーフィアが「フィラン」として城に来てから二回目の変化だった。つまり、二ヵ月が過《す》ぎていた。

……けれど何一つ成果《せいか》があがっていなかった。リーフィアはこの姿を取り戻せていないし、月魔法についても何一つ分からなかった。

昼間はシスティーナや時にエーヴェルトに振り回されて日を過ごしているため、落ち込むことはあまりない。何しろあの二人はリーフィアをオモチャのように考えている節《ふし》がある。

初めてエーヴェルトと出会ったあの日の午後、リーフィアはシスティーナの部屋で着せ替え人形になっていた。ピンクのフリルのついたドレスを着せられ、悪ノリした侍女《じじょ》たちに化粧《けしょう》まで施《ほどこ》されていた。

そこに、システィーナに会いにエーヴェルトがやってきたのだ。侍女たちの黄色い声があがる中、妹に挨拶《あいさつ》をしたエーヴェルトは、リリアンの陰《かげ》に隠《かく》れるように遠巻きにしていたリーフィアを見つけるやいなや相好《そうごう》をくずして近寄り、さっと抱き上げて言った。

「すごく可愛《かわい》いね、フィラン。食べちゃいたいくらいだ」

リーフィアはその言葉に引いた。けれど、システィーナの侍女たちはそうは思わなかったらしい。きゃあ、と黄色い悲鳴をあげると、口々に言った。

「いいなぁ、フィラン」

「羨《うらや》ましい！　私も言われてみたい！」

——羨ましい？　だったら代わってほしい！

十歳児に甘《あま》い言葉を吐《は》く成人男性に抱《かか》えられているという状況に、リーフィアはげんなりした。

そこに事態を黙《だま》って見守っていたシスティーナがエーヴェルトに声をかけた。

「お兄様は今日帰ってこられたばかりなのに、いつフィランに会ったの？　すっかりお気に入りのようですけど」

「今日の午前中に、図書館でばったり会ってね。城に小さな子はほとんどいないからすぐに君のところの子だと分かったよ。可愛いねぇ」

リーフィアを抱き上げたままにこにこ笑うエーヴェルトに、システィーナが目を細めた。

「……言っておくけどお兄様にはあげないわよ？　だって、フィランはわたくしのオモ……侍女見習いですから！」

——今、オモチャと言いかけなかっただろうか？

「君から取るつもりはないよ。でも愛《め》でるくらいはいいだろう？」

「……まぁ、それくらいは許可してあげてもいいわ。フィランは小さくて可愛いもの。構《かま》いたい気持ちは分かるわ」

「だろう？　さすが僕の妹。分かっているね」

「お兄様こそ、さっそくフィランに目を留《と》めるとは、さすがね」

ふふふと微笑《ほほえ》み合う兄妹《きょうだい》に、リーフィアは顔を引きつらせた。

――なにこの会話？

後《のち》のリリアンの説明によれば、エーヴェルトもシスティーナもそろって小さくて可愛いもの好きなのだという。システィーナはレースの小物やぬいぐるみや人形に目がないし、エーヴェルトの方は小動物に深い愛情を注《そそ》いでいるのだという。

そして、リーフィアは兄妹どちらの琴線《きんせん》にも触《ふ》れる存在らしいのだ。つまり、着せ替え人形に小動物だ。

その言葉どおりこの日以降、リーフィアの侍女見習いの生活にシスティーナたちの着せ替え人形になること以外に、エーヴェルトにも振り回される日常が加わるようになった。

二人に振り回され、リーフィアはある意味とても賑《にぎ》やかな日々を過ごしているといえる。おかげで忙しさに紛《まぎ》れて落ち込んだりすることはあまりない。

が、こんなふうに眠れない夜はつい鬱々《うつうつ》と考えてしまうのだ。

特に今日は新月で、リーフィアは本来の姿に戻っている。何の成果も得られないまま、こうして人目《ひとめ》を避《さ》けて過ごす夜を何度過ごさなければならないのかと思うと、たまらなくなってしまう。

「家に、帰りたい……な……」

囁《ささや》くような声で漏《も》れた小さな呟《つぶや》きは噴水の音にかき消され、自分の耳にすら届かなかった。けれど、根付いてしまった里心は消えてなくならず、リーフィアの心を絶えず疼《うず》かせる。

——家に帰りたい。家族の元へ、帰りたい。

リーフィアの姿が変わる新月の夜。いつも家族は眠らずに、ずっとリーフィアに付《つ》き添《そ》ってくれていた。居間に集《つど》い、彼女の美しさを愛で、「かわいそうに、かわいそうに」と、魔法にかかってしまった不運を嘆《なげ》くのだ。

彼女はそれをずっと、家族が十歳の姿よりも本来の美しい姿の方を懐《なつ》かしんでいるからだとばかり思っていた。

けれど、もしかしたら彼女の姿を見たいから傍《そば》にいたのではなくて、姿を取り戻したリーフィアが眠れぬ夜を過ごすと知って、慰《なぐさ》めるために寄り添ってくれていただけなのではないのか……？

寂《さび》しくならないように。一人で辛《つら》い夜を過ごさないように。

……家族から離れ、こうして一人になった今になって、リーフィアは家族からの愛情をひしひしと感じていた。それは絶えず届く手紙や、政務官《せいむかん》を引退《いんたい》してからだいぶ経《た》つのに、無理やり用件を作っては城に来てリーフィアの様子を確かめにくる祖父母《そふぼ》たちの態度にも表れていて、リーフィアの心を揺《ゆ》さぶった。

もちろん家族から愛されていることも、大切にされていることも、慕《した》われていることも知っていた。でも姿が変わった直後の家族たちの態度に傷ついたことがずっとわだかまっていて、心の奥底では家族の愛情をどこか信じきれずにいた。素直になれなかった。

——ごめんなさい、そしてありがとう。

リーフィアは決意する。「フィラン」の役目が終わって家に戻ったその暁《あかつき》には、もう少し家族に対して素直になろう。そして今後は家族のために生きようと。

そのために、どうしても元の姿を取り戻したかった。なぜなら、家族は傍にいながらリーフィアを守れなかったことに罪悪感《ざいあくかん》を抱《いだ》き続けているからだ。リーフィアが本当の姿に戻らなければ、自分たち家族は永遠に前に進めないだろう。

けれど二ヵ月経った今も、元の姿を取り戻すための手がかりは何も得られていなかった。

「月魔法について書かれた本は一体どこにあるの……？」

あの後、カミロとはすっかり仲良くなり、他の司書《ししょ》には内緒《ないしょ》で閉架《へいか》の書庫まで連れて行ってもらえるようになった。その際《さい》「魔法について書かれている本が見てみたい」と子どもらしくお願いして、捜《さが》してもらったのだが、該当《がいとう》する書籍はついぞ見つからなかったのだ。

兄の得た情報が間違っていたのだろうか？

けれど本についてはカミロが、有益《ゆうえき》な情報をもたらしてくれた。

何でも魔法使いたちが住む塔《とう》には彼らだけの専用の書庫があって、そこには古今東西《ここんとうざい》の魔法に関する書物が集められているのだと。そこにならリーフィアの見たがっている「昔使われていた魔法」の本もあるかもしれないと。

けれど、魔法使いの塔は彼らの魔法による見えない結界が張られていて、一般の人間には入ることができない。一般の人が塔に立ち入るには魔法使いの長《おさ》の許可が必要なのだという。

けれど、その長に会うのが、一番の至難《しなん》の業《わざ》だということをこの二ヵ月の間にリーフィアは思い知っていた。

現在の魔法使いたちの長は、若き天才魔法使い「ラディム＝アシェル」。

そう、リーフィアがこの城に来たもう一つの目的である人物だ。このラディム＝アシェルが曲者《くせもの》だった。

彼は引きこもりで、人前に出ることを好まず、城内の外《はず》れにある魔法使いたちが住まう塔に籠《こ》もりっきりで、めったに姿を見せないのだという。

長く城に勤《つと》めているリリアンたちですら、数えるほどしか姿を見たことがないという。その時もローブを深くかぶり、ほとんど顔の判別《はんべつ》がつかなかったのだとか。

もっとも、さすがに王女であるシスティーナはラディム＝アシェルの姿を見たことがあるし、言葉を交《か》わしたこともあるらしい。

『ラディム＝アシェル？　うーん、そうね、すごく若いわよ。実際にはまだ二十二歳だというから驚きね』

先代の長でラディム＝アシェルの師匠《ししょう》でもある魔法使いからその研究と長の座を継《つ》いだ時、彼はまだ弱冠《じやっかん》十五歳という若さだったという。

『でもね、確かに優秀なんでしょうけど、なぜ先代が彼に長の座を与えたのか疑問だわ』

そう言ってシスティーナは美しい顔を顰《しか》めるのだった。

『長って魔法使いたちのトップで、彼らを束ねていく立場よね？　それなのにあの会話の通じなさは何なのかしら？　お兄様は平気で意思疎通《そつう》できていたけれど、わたくしは無理だったわ』

システィーナはラディム＝アシェルのことを思い出したのか、処置《しょち》なしとでもいうように首を振った。

器《うつわ》の大きいシスティーナにすらこう言われてしまうラディム＝アシェルとは一体……。

いや、容姿《ようし》や歳《とし》や性格などはどうでもいいのだ。問題はラディム＝アシェルがめったに塔から出てこないということだ。

話を聞くどころか、会うことすらままならないまま、こうして二ヵ月が過ぎてしまった。本の方は見つけられないまでも、こうして捜すことはできている。けれどラディム＝アシェルに関してはお手上げだった。

……一体、どうしたものか。

リーフィアはベンチの背に身を預けてほうとため息をついた。夜風に白銀《はくぎん》の髪が揺れ、外灯の光を反射《はんしゃ》して淡《あわ》く揺らいでいる。そうしているリーフィアの姿はまるでこの世のものではないように美しかった。

――中庭を見下ろせる二階の通路を偶然《ぐうぜん》通りかかったその二人も、はじめに目に飛び込んできたのは、仄《ほの》かな光を放ちながら風に揺れる美しい白銀の髪だった。

「あれ？　あれは何だ？」

最初に気付いたのはブラッドリーだった。

魔法使いの塔へ出向いていた彼らは、隣接《りんせつ》する建物の二階から居館へ続く通路を私室に向かっている途中だった。中庭をぐるりと見下ろせる通路の欄干《らんかん》から何気なく下を覗《のぞ》いたブラッドリーの新緑色の瞳《ひとみ》に映ったのが、外灯の光を反射して淡く発光する白銀の光だった。

「どうしたんだい、ブラッドリー」

不意《ふい》に足を止めて中庭をじっと見下ろすブラッドリーに気付いて、エーヴェルトは不思議そうに尋《たず》ねる。けれど、ブラッドリーが答える前に、彼の視線の先を辿《たど》ったエーヴェルトは息を呑《の》んだ。

そこにはまるでこの世のものとは思えないものがあった。

薄暗い中庭のベンチに腰をかけた、全身が淡い金色の光に包《つつ》まれた女性だった。ここからだと顔立ちまではっきりとは見えない。けれど、男の勘《かん》とも呼べるもので、その女性が美しい姿をしていることが何となく分かる。

「幻覚《げんかく》……？」

ブラッドリーが呆然《ぼうぜん》と呟く。その気持ちは分かるとエーヴェルトは思った。まるで光に吸い寄せられる蛾《が》のように、座っているだけの女性に強く惹《ひ》き付けられるものを感じていた。

「まさか、あの『新月の貴婦人《きふじん》』……？」

そこで誰もが知っている有名な昔話をブラッドリーは挙《あ》げる。新月の貴婦人とは、この城に伝わる、新月の夜にさまよい出ると言われる幻《まぼろし》の女性だ。

「分からないね、ここからでは。でも……」

幻想的《げんそうてき》な女性に見とれる一方で、エーヴェルトは冷静な目で状況を捉《とら》えていた。よく見ると発光しているように見えているのは、白い夜着《よぎ》と白銀の髪に外灯の光が反射しているからだと分かる。ちょっとした角度のいたずらがそう錯覚《さっかく》させているだけに過ぎない。

けれど……。

好奇心《こうきしん》がうずうずと疼き出すのを感じながらエーヴェルトはブラッドリーに笑みを向けた。

「気になるね。ちょっと下におりて確かめてみよう」

「はい」

二人は通路を戻り一階に下りる階段の方へ向かった。

彼女に気付かれないように気配を消し、後ろからそうっと近づいていく。女性は何かに気を取られているのか、エーヴェルトたちには気付かないようだった。

「……はぁ……」

女性が深いため息を漏らす。その吐息《といき》は途方《とほう》に暮れたような、やるせないような、それでいてひどく悩ましげに聞こえて、エーヴェルトは心がざわつくのを感じた。その憂《うれ》いを払《はら》ってあげたいと思った。

もともと女性には親切にするのが信条《しんじょう》のエーヴェルトだが、顔も知らない女性相手にそんなふうに思ったことは今までに一度もない。それなのに、よく見知った相手のように強烈《きょうれつ》な庇護《ひご》欲《よく》を感じてしまい、そんな自分に戸惑《とまど》いを覚えるのだった。

——本当に幻影《げんえい》なのかもしれないな。

自嘲《じちょう》の笑みが浮かぶ。それが見えたわけではないだろうが、何かに気付いたようにハッと女性が振り返り、エーヴェルトとブラッドリーの姿を認めて目を見開いた。その瞳は鮮《あざ》やかな紫色《むらさきいろ》だ。

「うわ、すごい美人」

ブラッドリーが思わずといった声を出す。それには王子という立場上、美しい女性は見慣れているエーヴェルトですら、同意しないわけにはいかなかった。

細い鼻梁《びりょう》に、ふっくらした瑞々《みずみず》しい唇《くちびる》。アーモンド形の瞳は長い睫《まつげ》に縁取《ふちど》られ、白い頰《ほお》に陰影《いんえい》を落としている。肌は滑《なめ》らかでシミ一つ存在しない。

その繊細《せんさい》な美しさはまるで夢か幻のようだった。彼女がエーヴェルトたちの姿に驚《おどろ》いていなければ、本当に人ではなく幻影だと思ったことだろう。

ど　う　し　て？

女性の唇がそんなふうに動き、声なき声をあげたような気がした。

「えっと、レディ……？」

ブラッドリーがおずおずと話しかける。普段《ふだん》女性に話しかける時はもっと堂々としているはずの幼馴染《おさななじ》みの様子に、エーヴェルトは彼が目の前の女性を幻影だと半《なか》ば思っているのだと察《さっ》する。

いつもだったら素性《すじょう》の知れない相手に対して警戒《けいかい》を怠《おこた》ることのないブラッドリーが、まるで無防備《むぼうび》なのだ。

無理もなかった。二階から見た時よりも、いざ近くで目にした方が現実味がないのだ。

それほど、桁外《けたはず》れの美貌《びぼう》だった。

けれど、反対にエーヴェルトは目の前のものが幻影ではないのだと確信していた。驚いたように目を見張るその表情に、強烈な既視感《きしかん》を覚えたのだ。

ああ、自分はこれを知っている――そう、彼の中の何かが囁いた。

「レディ、失礼ですが……」

一歩前に出てブラッドリーが尋ねようとした瞬間《しゅんかん》、女性が動いた。ガタン、と音を立て、慌《あわ》てたようにベンチから立ち上がったのだ。

生身《なまみ》の人間でしかあり得ない動作に、ようやくブラッドリーも目の前の女性が幻覚ではないと確信《かくしん》したのだろう。全身に緊張《きんちょう》が走り、護衛《ごえい》らしく即座《そくざ》にエーヴェルトを守れるような体勢《たいせい》を整える。

しかし、女性がエーヴェルトに危害を加える気配がないのは明らかだった。危害を加えるどころか、二人に興味すら浮かんでいない。明らかにうろたえた様子は、今にも逃げ出しそうだった。

果たしてそうなった。

女性はくるっと背を向けたかと思うと、いきなり逃げ出したのだ。

「待て……！」

ブラッドリーが動く。さっと手を伸ばして女性の髪のひと房《ふさ》を摑《つか》んだのだ。

「きゃあっ！」

髪を引っ張られた女性は頭をのけ反《ぞ》らせ、それ以上進むことができなくなった。女性は頭に手をやり、それでもなお、引っ張られた髪をブラッドリーの手から外そうともがく。反対に逃がすまいとするブラッドリーの手に力が入るのがエーヴェルトには分かった。

「放して！　あ、痛っ……」

おそらく髪を引っ張られたことで、何本か引き抜かれてしまったのだろう。女性が痛そうに顔を顰める。それを見たとたん、エーヴェルトは庇護欲を強く刺激《しげき》されてとっさに声を出していた。

「ブラッドリー、無体《むたい》はするな。痛がっている」

「あ、はい」

主《あるじ》からの命《めい》に、ブラッドリーは慌てて手の力を抜いた。その直後、彼の手から白銀の髪がするりとすり抜けていく。

「あっ……」

縛《いまし》めがなくなった女性はそのまま逃亡《とうぼう》した。今度はブラッドリーも間に合わず、あっという間にその白い後ろ姿は回廊《かいろう》の奥の方に消えていった。

後に残ったのは、ブラッドリーの手に残った数本の銀糸《ぎんし》のみだ。

「……生身の人間でした。間違《まちが》いなく」

「うん、そうだね。僕にも分かった」

エーヴェルトはブラッドリーの手からその髪をつまみ上げて手のひらに載《の》せた。極上《ごくじょう》の絹のようなそれは間違いなく、さっきの女性が生身の人間であることを物語っていた。

「でも誰だろう？　彼女の顔に見覚えがない。この城で働く女性全てを知っているわけじゃないけど、あれほどの容姿ならとっくに誰かの目に留まって噂《うわさ》になっていてもおかしくないんだけど……」

「俺も見覚えがありません。各部署《ぶしょ》の美人ならだいたい把握《はあく》しているはずなんですが……」

眉《まゆ》を寄せるブラッドリーに、エーヴェルトは片眉をあげた。

ブラッドリーはこう見えて、美人に目がない。手当たり次第というわけではないが、情報収集と称《しょう》してあちこちで気に入った女性に声をかけていることをエーヴェルトは知っている。

「ブラッドリーが知らないということは、侵入者《しんにゅうしゃ》か……もしくはあの容姿を隠して働いているってことだね」

ラディム＝アシェルから魔法使いの塔に侵入した者がいると聞いて、つい侵入者という言葉が出てしまったが、彼女が外部の者でないことは明らかだ。わざわざ目立つ上に動きにくい夜着を纏《まと》った侵入者など聞いたことがない。

あの服装が物語ることはただ一つ。彼女はこの城で生活している人間だということだ。

エーヴェルトは彼女が消えた方角を確かめ、それからさっきまで座っていたベンチを見下ろすと、軽く息を吐いた。

「彼女の素性はともかく、とりあえずもう夜も遅い。部屋に戻ろう」

「はい」

二人は居館に向かって歩き始めた。


次の日、寝不足《ねぶそく》気味のブラッドリーがいつもより少し遅れて隣室《りんしつ》のエーヴェルトを訪《たず》ねると、彼はとっくに起き出していて、爽《さわ》やかな笑顔を見せた。

「おはよう、ブラッドリー。昨日の中庭の女性だけどね、面白《おもしろ》いことになったよ」

碧《あお》い瞳をキラキラと煌《きらめ》かせて、エーヴェルトはガラス瓶《びん》を差し出した。昨夜の女性が残した数本の髪の毛を入れておいたものだった。それを覗き込んだブラッドリーは目を見開いた。

昨夜は確かに白銀だったものが、今は褐色《かつしょく》に変化している。

「これは……これ、本当に昨夜の女性のものですか？」

「もちろんだ。その瓶に入れて、床《とこ》に就《つ》く時までは昨夜見たとおりに絹糸のような白銀をしていた。ところが今朝目を覚まして改めて見てみたら、茶色に変化していたんだ。びっくりしたよ」

エーヴェルトはにこにこと笑った。

「まさか、そんなことが……」

普通は髪の色が変化するなどあり得ない。もちろん、生まれた時は金髪でも成長すれば色が濃《こ》くなることはよくある話だ。だが、色が抜け落ちるというのならともかく、一夜にして白銀だったものが褐色に変わることはまずあり得なかった。……魔法でもない限り。

「まさか魔法？」

「君もそう思ったかい？　僕もだ」

エーヴェルトは頷《うなず》いた。

生まれた時から王子だったエーヴェルトや、彼の乳兄弟《ちきょうだい》として城で一緒に成長したブラッドリーは、時には自然現象すら捻《ね》じ曲《ま》げる「魔法」という存在がごく身近だ。だから「あり得ない」ものでも、魔法は「あり得る」ものにしてしまうことをよく知っている。

「もしかしたら、魔法で姿を変えているのかもしれないね。塔に魔法で侵入した不審者のこともあるし、この符合《ふごう》は一体なんだろうね？」

もちろんエーヴェルトは昨夜の女性が塔に魔法を使って侵入した賊《ぞく》だとは思っていない。彼らがベンチに接近していることにずっと気付かなかったことやあっさりブラッドリーに捕《つか》まったことを考えると、賊にしては無防備すぎる。

それにあの美貌では目立ちすぎて隠密《おんみつ》行動には不向きだ。

だが一方で、偶然重なったにしてもできすぎている「魔法」という符合。

「すごく興味深いね」

エーヴェルトはクスクス笑うと、ブラッドリーを見つめた。その瞳はまるでおもちゃを見つけた子どものようにキラキラと煌いている。

「ブラッドリー。あの『新月の貴婦人』を捜そう。もしかしたらそれが塔に侵入しようとした魔法使いの手がかりになるかもしれない」

ブラッドリーは目を丸くする。

「え？　でも、どうやって？　俺たちに見られて驚いていたみたいだし、警戒しているでしょう」

「あの姿が本当の姿かどうかは不明だけど、たぶん、そのうちまた夜に紛れて出てくると思う。魔法は永遠に作用しない。それは君も知っているだろう？」

魔法は永遠には続かない。その効果《こうか》には必ず終わりがある。それは魔法というものを知っている人間にとってはごく当たり前の事実だった。

「だから待っていれば必ず出てくると思う」

「そうですね、あの容姿なら目立つし、見つけるのは可能《かのう》ですね。ただ、いつ出てくるか分からないから捜すのは大変……ああ、いい手がありますよ、殿下！」

何かを思いついたらしく、ブラッドリーは身を乗り出した。

彼の提案《ていあん》を聞いたエーヴェルトは笑って承諾《しょうだく》した。

「いいよ、それでいこう。しばらくの間、夜は大捕物《おおとりもの》だね。楽しみだ」


一方、エーヴェルトたちの前から逃げ出し、物陰《ものかげ》に隠れて震《ふる》えながら明け方を迎《むか》えたリーフィアは、疲《つか》れきって部屋に戻っていた。少しでも眠ろうとベッドに入ったが、結局あまり寝られないまま朝を迎えた。

「昨夜は危なかった……あやうく捕まるところだった……」

システィーナの部屋に向かうため仕度《したく》しながら、リーフィアは呻《うめ》く。同室のリリアンはもっと前に出勤《しゅっきん》していて、部屋には彼女一人残されていた。

櫛《くし》で髪をとかすと、昨夜引っ張られた拍子《ひょうし》に抜けてしまった頭皮《とうひ》部分がじくじくと傷みを訴《うった》える。

「もう、ブラッドリーさんの乱暴者《らんぼうもの》！　女の子の髪を摑んで抜けるまで引っ張るなんてひどすぎる！」

口を尖《とが》らせながらブツブツと文句《もんく》を言ったものの、これだけですんで幸いだったことをリーフィア自身がよく分かっていた。

ブラッドリーの行為《こうい》も彼の立場からしたら当然のことだ。むしろエーヴェルトにたしなめられたとはいえ、よく逃《に》がしてくれたものだと思う。

「とにかく、次の新月は中庭なんて目立つところじゃなくて、どこか人気《ひとけ》のないところでじっとしていることにしよう」

そう心に誓《ちか》うと、リーフィアはシスティーナの部屋へ向かった。ところが部屋についたとたん、中が異様《いよう》な雰囲気《ふんいき》なのに気付いて足を止める。

「本当に本当なの？」

「まさか『新月の貴婦人』が本当にいるなんて！」

「殿下《でんか》が、まさか、殿下が！」

システィーナはこの時間、公務《こうむ》に出かけていて不在だ。だから部屋には侍女たちだけしかいない。そんな時はいつも和《なご》やかに談笑《だんしょう》しているはずの彼女たちだったが、今日は違っていた。

あちこちでヒソヒソと話をしては「ウソ！」だの「いやぁ、殿下が、私たちの殿下が！」と悲鳴をあげる者までいる。

以前、エーヴェルトが訪問すると知った時も様子がおかしかったが、今回は更におかしい。

「あ、あの、一体、何が……？」

戸口でまたしても呆然とするリーフィアにリリアンが気付き、システィーナのお下がりで、今はフィラン専用になっている子ども用の椅子《いす》に座らせた。

「びっくりしたでしょう？　でもね、さすがに今回は私も驚いているの。まぁ、彼女たちは別のショックも受けているのだけど」

「あの、一体どうしたんですか？」

まるで話が見えなかった。

「『新月の貴婦人』が出たんですって。それをエーヴェルト殿下が目撃《もくげき》して、彼女を好きになってしまったという話よ」

「――――は？」

リーフィアは口をぽかんと開けた。説明されてもまったく話が見えなかっただけでなく、あのエーヴェルトがとうとう誰かを選んだ、そのことに驚きが隠せなかった。

「殿下が、どなたかお子様を好きになったんですか？」

「どなたかっていうか、『新月の貴婦人』だけどね」

「『新月の貴婦人』？」

聞いたことがない単語に、リーフィアは首をかしげた。それを見て、リリアンが苦笑《くしょう》する。

「ああ、そうか。フィランは知らないのよね、『新月の貴婦人』を。『新月の貴婦人』というのはね、この城に伝わる悲劇《ひげき》の女性の幽霊《ゆうれい》なの」

「……ゆ、幽霊……？」

リーフィアの黒い瞳がこれでもかといわんばかりに見開かれた。

「幽霊というか幻ね。新月の夜に殺された悲劇の女性が、愛《いと》しい者の魂《たましい》を求めて新月の夜になるとこの城をさまよっていると言い伝えられているの。何年か前まではたまに目撃談が報告されていたようよ」

――『新月の貴婦人』。

それは昔々この城で実際に起った悲劇から生まれた言い伝えだ。

白銀の髪の美しい貴族《きぞく》の令嬢《れいじょう》が時の王子様に見初《みそ》められて、恋に落ちた。二人は祝福されて、月のない夜、すなわち新月に結婚を挙げることとなった。けれど、幸せになるはずだったまさにその日に、悲劇が起こる。彼らの結婚を嫉《ねた》んだある貴族の放った暗殺者《あんさつしゃ》の刃《やいば》が、花婿《はなむこ》の……王子の胸を貫《つらぬ》いたのだ。

自分の腕《うで》の中で愛しい人がこと切れる瞬間を見た花嫁《はなよめ》は、同じ刃で胸を突き、自《みずか》ら命を絶《た》った。

「でも魂は王子様と会えなかったのか、それ以来、彼らが結婚するはずだった新月の夜に、白い花嫁衣装《いしょう》を身に纏った彼女の魂が、王子様を捜して城の中をさまよい歩くようになったそうよ」

「そ、そうですか……」

「まぁ、単なる言い伝えに過ぎないし、実際にさまよい歩く『新月の貴婦人』の目撃談はそれほど多くはないのだけど、昨夜エーヴェルト殿下がその姿を見たそうなのよ。ブラッドリー様と共に。それでね、その美しさに殿下が虜《とりこ》になってしまわれ、どうにかして彼女を捕まえたいって仰《おつしや》ってるんですって。幻をどうやって捕まえるというのかしらね？」

「そ、そそ、そうですね。ハハ」

リーフィアは内心冷《ひ》や汗《あせ》をかきながら、心の中で叫んでいた。

――嘘《うそ》でしょう⁉

新月。白銀の髪。白い服。

心当たりがありすぎて震えてくる。

間違いない、昨夜エーヴェルトが見たという伝説の『新月の貴婦人』はリーフィアのことに違いない！

あまりに符合がぴったりすぎて、誤解されてしまったのだろう。

――いえ、それはまだましだ。

問題は、エーヴェルトが『新月の貴婦人』を好きになってしまって、彼女を捕まえようとしていることだ。

好きになった？　――嘘でしょう？

捕まえようとしている？　――嘘でしょう？

『新月の貴婦人』は新月の夜に現れるという。そしてリーフィアは新月の夜には強制的《きょうせいてき》に元の姿に戻ってしまう。

捕まってしまう未来が、そこに見えてしまった。

――冗談《じょうだん》じゃない。誰が捕まってたまるものか！

捕まえようとする者。逃げる者。

こうして新月の夜の攻防戦《こうぼうせん》の幕《まく》が切って落とされたのだった――。

4章　『新月の貴婦人』を捜して

「何だか……すごいことになってるね」

カミロが苦笑《くしょう》した。

あまり噂話《うわさばなし》などしそうにないカミロですら、エーヴェルトと『新月の貴婦人《きふじん》』の話は聞き及んでいるようだ。無理もない。今、どこでも口を開けばその話ばかりなのだから。

「殿下《でんか》が関わるとみんなこんなふうになるもんなんだね」

「侍女《じじょ》のみんなも大騒《おおさわ》ぎですよ」

リーフィアはカミロに本を渡しながらボヤいた。

エーヴェルトが『新月の貴婦人』を好きになり、彼女を捕《つか》まえようとしているという噂は城内を駆《か》け巡《めぐ》って、しばらくの間あちこちで話題になっていた。けれど、時が経《た》つにつれ、噂は一旦《いったん》収束《しゅうそく》したのだ。

理由は簡単。その後、誰も『新月の貴婦人』を見た者がいなかったからだ。だからエーヴェルトとブラッドリーが夢か幻《まぼろし》でも見たのだろうと、安堵《あんど》と共にその話は沈静化《ちんせいか》していた。

ところが先月の新月の夜。いつもより増員して配置されていた兵士たちが『新月の貴婦人』の姿を偶然《ぐうぜん》見かけて追いかけたことで、実在を証明されたのだ。

当然前より大きな騒ぎになった。

次の新月には兵士たちだけではなく、文官《ぶんかん》たちも捜《さが》してみようと声をあげているし、何よりエーヴェルトに憧《あこが》れている女性たちがその女の顔を一目見ようと殺気立《さっきだ》ちながら参加を表明しており、更に騒ぎを煽《あお》っていた。ついでにリーフィアの恐怖《きょうふ》も。

兵士に見つかるならまだいい。もし彼女たちに先に見つかったら……。

そう思うと背筋《せすじ》を走る悪寒《おかん》が止まらないリーフィアだった。

つくづく、この間兵士に見つかって追いかけられてしまったことはまずかったと思う。あれがなかったら、『新月の貴婦人』の噂は自然消滅《しょうめつ》していたはずだ。

……それを言ったら、エーヴェルトとブラッドリーに中庭で見つかったことが最初の躓《つまず》きだったけれど。

「フィラン、そこの本を取ってもらっていいかな。そう、それ。そのTの管理番号がついた本」

「はい」

リーフィアはワゴンの中からカミロの言う本を捜して手渡した。受け取ったカミロはその本を棚《たな》に収めていく。

図書館内に目的の本がないことはもう分かっているが、それでもリーフィアは定期的に訪《おとず》れてカミロとおしゃべりしたり、本を読んだりする時間を設《もう》けている。カミロと本の話をするのは楽しいし、彼の口からイーヴ先生に自分が元気に城で働いていることが伝わるだろうと思うからだ。

「イーヴ先生、元気にしているかな……」

リーフィアが城で働くために実家を出た日、時を同じくして家庭教師をしていたイーヴ先生は、別の職場に移っていた。生徒《せいと》であるリーフィアがいなくなったのだから仕方ないとはいえ、悪いことをしてしまったと思う。もちろん両親に頼んで立派《りっぱ》な紹介状《しょうかいじょう》を書いてもらって送り出したが……。

――フィランが少しでも先生に懐《なつ》いてくれればよかったのに。

リーフィアは心の中で嘆息《たんそく》した。当初、リーフィアが城に行った後はイーヴ先生には引き続きフィランの家庭教師をしてもらうつもりだった。ところが人見知りするフィランはまったく彼に懐かず、顔を見るだけで怖《こわ》がって泣いてしまうのだ。

仕方なくイーヴ先生には次の職場を探してもらうことになってしまった。名門ウェインティン伯爵家《はくしゃくけ》の褒《ほ》めちぎった紹介状がよかったからか、すぐに別の勤《つと》め先は見つかったそうだ。

そのイーヴ先生はどこかの男爵家《だんしやくけ》に雇《やと》われて、十二歳の男の子を教えることになったとリーフィアに手紙が来て以来、音信不通になってしまっている。新しい職場で忙しいのだろうが、寂《さび》しさは拭《ぬぐ》えなかった。

「イーヴさんならきっと元気でやっているよ。最近連絡は来ないけど、彼もきっとフィランのことを気にかけていると思う」

「そ……う、ですよね。ありがとうカミロさん」

カミロの優しい励《はげ》ましの言葉にリーフィアは笑顔を向けた。それを見てカミロもにっこりと笑う。

エーヴェルトやブラッドリーのように華《はな》やかな容貌《ようぼう》ではないが、リーフィアはカミロにとても親近感を覚えていた。穏《おだ》やかで優しくて、兄のような存在だ。

「ありがとう、フィラン。手伝ってくれて。助かったよ」

「ううん、どういたしまして。そろそろ私、戻りますね」

リーフィアはまた遊びにくると告《つ》げて、図書館を出た。

今日はシスティーナが公務《こうむ》で忙しいため、リーフィアに予定はない。リリアンをはじめシスティーナの侍女たちがバザーに出すため端切《はぎ》れに刺繍《ししゆう》をするというので、リーフィアもせっかくだから教えてもらうことになっているだけだ。

時間はたっぷりあるので、リーフィアは迷路《めいろ》のようになっている東館を避《さ》け、のんびり迂回路《うかいろ》へと足を向けた。

「お、フィランじゃないか。これから仕事か。頑張《がんば》ってな」

「あ、こんにちは！　ありがとうございます」

途中、顔見知りの兵士にばったり会って挨拶《あいさつ》を交《か》わす。さすがに四ヵ月もいれば顔も名前も覚えられ徐々《じょじょ》に知り合いも増えてくるというものだ。十歳という幼《おさな》さで働きに出ているリーフィアにおおよそみんな同情的で、可愛《かわい》がってくれる。リーフィアも素直にそれを受け入れていた。

この姿を大勢《おおぜい》の前に晒《さら》すことを恐《おそ》れて引きこもりだった頃の彼女だったら考えられないことだ。でも、子ども扱《あつか》いとはいえ、八年前の事件について同情され気を遣《つか》われることも、過剰《かじょう》に心配されることもないのは、リーフィアにとってとても気が楽だった。

その一方で顔見知りが増えるたび、彼らに可愛がられるたびに、罪悪感《ざいあくかん》も感じていた。リーフィアは優しくしてくれる彼らに名前も正体も偽《いつわ》っているのだ。

本当のことがバレたら、きっとみんな騙《だま》されたと腹を立てるだろう。嫌《きら》われてしまうに違いない。

――そう、今では顔を合わせるたびに抱き上げてくるあのエーヴェルトだって、きっと……。

胸のもやもやを抱《かか》えながら回廊《かいろう》に出たリーフィアは、ふと裏庭の一角でそのエーヴェルトが犬たちとジャレ合っているのに気付いた。

「ほら、取っておいで！」

エーヴェルトは笑いながら叫《さけ》ぶと、木の棒を遠くへ投げる。身体《からだ》の大きな犬たちはそれを追いかけるが、小さな子犬たちは木の棒には興味を示さず、もっぱらエーヴェルトの足元で飛《と》び跳《は》ねたり、よじ登ろうとしていた。

……なんて、なんて可愛いのだろう……！

リーフィアは思わず足を止めた。

彼女の家では今まで動物を飼《か》ったことがなかった。母親が動物アレルギーで、すぐに体調を崩《くず》してしまうからだ。そんなわけでリーフィア自身も動物とはあまり馴染《なじ》みがなかった。

エーヴェルトは楽しそうに笑いながら子犬たちを順番に抱き上げ、声をかけていく。犬たちはすっかり彼に馴《な》れているようだ。リーフィアは羨《うらや》ましいと思った。

そのうち大きな犬たちが棒をくわえて戻ってきて、彼の姿はあっという間に毛玉たちに埋《う》もれてしまう。

目を離せなくなりじっと眺《なが》めていると、エーヴェルトは回廊に佇《たたず》むリーフィアの姿に気付いたようだ。パッと明るい笑みを浮かべると、おいでおいでと手で招《まね》く。

「フィラン、おいで。この子たちを紹介しよう」

リーフィアはエーヴェルトの足元に転がる子犬たちを見ながらいそいそと歩き出した。

――これは殿下の命令だから。命令だから、仕方なくなの。

心の中で言い訳をしながらリーフィアが近づくと、エーヴェルトの周りにいた犬たちが興味津々《きょうみしんしん》の様子でリーフィアに近づいてきた。子犬も足元にやってきて、ふんふんと匂《にお》いを嗅《か》いでいる。

可愛い、ものすごく可愛い。

感動しているとエーヴェルトがそのうちの一匹《いっぴき》をひょいっと抱き上げ、リーフィアの腕の中にそっと渡しながら言った。

「この子たちはみんな僕が遠征《えんせい》やら視察《しさつ》旅行やらに行った時に拾ってきたんだ。親を亡《な》くしたり、飼い主を亡くしたりして一人ぼっちでね。でもここなら世話をしてくれる人間もいるし、仲間がいるから寂しくないだろう？　ブラッドリーには何でもかんでも拾うなと怒られるけど」

なるほど、とリーフィアは思った。図書館で初めて出会った時、エーヴェルトの腕の中に納《おさ》まっていたリーフィアを見て、どこで拾ってきたのかと詰問《きつもん》した理由が分かった。思ったとおり前科《ぜんか》が山ほどあったからだ。

さすがに人間を拾ってきたことはないと思うが、ブラッドリーがその可能性を懸念《けねん》するのもよく分かる。この人はかわいそうだからという理由で人間でも簡単に拾ってきそうだ。

「でもね、放っておいたら死んでしまうか、生き残っても野生化《やせいか》して人を襲《おそ》うようになるだろう」

リーフィアは自分の腕の中に納まっている子犬を見下ろした。子犬はリーフィアの胸に顔をくっつけて大人《おとな》しく抱かれている。

この子が死んだり、人を襲ったりするなんて……。

エーヴェルトは手を伸ばし、その子犬の頭を優しく撫《な》でながら続けた。

「もちろん、世の中の全てのかわいそうな生き物を救えるとは思えない。でも多少なりとも関わった以上、先に起こるかもしれない悲劇《ひげき》を少なくするためなら、ブラッドリーにどやされようが、呆《あき》れられようが安いものだよ」

「殿下……」

リーフィアはまじまじとエーヴェルトの顔を見上げた。

不思議なことに、リーフィアは今初めてエーヴェルトという人を見たような気分になった。この数ヵ月の間、顔を合わすたびに抱き上げられ、会話を交わしたのに。今初めて会った人のような気がして仕方がなかった。

……それはきっと今までリーフィアが、この人自身をちゃんと見ていなかったからなのだろう。

「殿下、私……」

何を告げようとしたのか自分でも分からないまま口を開いたその直後、リーフィアの腕の中の子犬が身じろぎをした。ハッとして、慌《あわ》てて口を閉じる。

——私、今、何を言おうとしたの!?

自分で自分が分からなかった。

「フィラン？」

何か言いかけてやめたリーフィアを、エーヴェルトが不思議そうに見つめる。何か言わなくてはと焦《あせ》ったリーフィアは、思ってもみないことを口にしていた。

「あ、あの、で、殿下が『新月の貴婦人』を捜しているのは、彼女に一目ぼれしたからって聞いたんですけど……本当ですか？」

「え？」

エーヴェルトは目を丸くした。

——あああ、私は一体何を言ってるの？

慌てたが、一度言ってしまった言葉は取り消せなかった。

今までリーフィアはボロを出すことを恐れてエーヴェルトたちの前では『新月の貴婦人』のことを口にしたことはなかった。それどころかほとんど興味がないフリをしていた。それなのに、噂が出始めて二ヵ月も経ってから聞くなんて、かえって変に思われたに違いない。

けれど、エーヴェルトは特に気にした様子もなく、楽しげに笑った。

「面と向かって聞いてきたのは、家族と君くらいなものだよ。案外みんな尋《たず》ねてこないものなんだね。やっぱり噂の出所がブラッドリーというだけあるなぁ」

「え？　え？」

あっけらかんとしたその様子はとてもじゃないが、恋わずらいしているようには見えない。リーフィアは確信した。『新月の貴婦人』に一目ぼれしたなどとは絶対嘘《うそ》だ。だいたい、中庭で会った時エーヴェルトは最初から最後まで冷静《れいせい》だったではないか。

むぅと眉《まゆ》を寄せていると、エーヴェルトは手を伸ばし、子犬を抱えたリーフィアごと抱き上げた。そして驚《おどろ》く彼女の小さな耳に唇《くちびる》を寄せて囁《ささや》く。

「他の者には内緒《ないしょ》だよ、フィラン。これは僕の家族やごく限られた者たちだけしか知らないんだけど、あの噂はブラッドリーがでっち上げてわざと広めたものなんだ」

「え？　わざと？　どうして？」

「しっ」

エーヴェルトは声を落として言うと、ちらりと裏庭の一角に目をやった。

「護衛《ごえい》の彼らに聞こえてしまうからね。なるべく真実を広げたくないんだ」

エーヴェルトの視線の先を辿《たど》ったリーフィアはそこに剣を腰に差し、胸当てをつけた兵士二人の姿を見つけてびっくりした。子犬たちに気を取られて今まで気付かなかったが、エーヴェルトの傍《そば》にいて当然の人物がいなかったのだ。

「あの、ブラッドリーさんは？　どうしたんですか？」

王子の護衛はブラッドリーがやっていたはずだ。けれど今、彼の姿は裏庭にはなかった。

エーヴェルトがいるところにはいつもブラッドリーが一緒《いっしょ》だったので、彼がいないと何か変な感じだ。

「ブラッドリーには僕のお遣いとして重要なことを頼んでいるんだ。でもその留守《るす》の間、二人も護衛を付けられてしまった」

「お遣い？」

「引きこもりの友人がいて、彼を引っ張り出してもらっているんだ。ああ、そうそう。噂を流した理由だけど、僕らは新月の夜に目撃《もくげき》した女性の正体を探《さぐ》りたいと思っている。けれど、夜中に僕ら二人が捜索《そうさく》できる範囲は限られているだろう？　いたずらに兵士を動員するわけにもいかないし。だから自主的に捜査《そうさ》に協力してくれる人を増やすために、ブラッドリーがわざとあの噂を流したんだ」

な　ん　だ　と　！

リーフィアはギリギリと奥歯を噛《か》み締《し》めた。

――一目ぼれしたという噂が嘘だとは分かってた。分かっていたけれど……！

確かにどこに出現するか分からない幻を捜《さが》すには、有効《ゆうこう》な手だろう。だが、そのために兵士たちに追いかけ回されたリーフィアにとっては笑い事ではない。

——あの赤毛め、よけいなことを……！

更にギリギリと歯を噛み締めていると、それに気付いたかのようにリーフィアの腕の中の子犬が頭をあげた。

けれど、すぐにリーフィアが原因ではないと分かる。回廊から侍女服を着た女性が向かってきていて、その気配に気付いたからのようだった。

エーヴェルト付きの侍女だと思われる女性は声をかけながら小走りに近づいてくる。ピンクブロンドの綺麗《きれい》な女性だった。

「殿下！　ブラッドリー様がお帰りになりました。今すぐ部屋にお戻りくださいとのことです」

エーヴェルトはリーフィアを抱えたまま振り返ってにっこり笑った。

「ああ、エリン。わざわざ報《しら》せにきてくれたんだね。ありがとう。すぐ戻るよ」

それからリーフィアをそっと下におろす。

「じゃあ、僕は行くね、フィラン。近くに飼育係《しいくがかり》もいるから、安心して好きなだけこの子たちと遊んでいくといい。この子たちも遊び相手が増えて喜ぶだろう」

最後にエーヴェルトはリーフィアの頭、子犬の頭と順番に撫でて、裏庭を出て行った。彼のすぐ後に警護《けいご》の兵士も続く。

その後ろ姿が回廊の角に消えるのを子犬を抱えたまま見守っていると、不意《ふい》に上から冷たい声がかかった。

「いい気にならないでね。あなたなんて、子どもだから可愛がられているだけなんだから」

驚いて見上げると、エーヴェルトを呼びに来た侍女がリーフィアを馬鹿《ばか》にしたような顔で見下ろしていた。

「殿下は小さいものがお好きなの。だからあなたを構《かま》っているだけ。そこらの犬猫を可愛がっているのと同じよ」

そう言い捨てると侍女はさっさと歩き出し、エーヴェルトが向かった方角に消えていった。

リーフィアは侍女の姿が完全に消えたのを見届けると、腕の中にいる子犬をきゅっと抱きしめて呟《つぶや》いた。

「……そんなの分かっているわ」

彼の中では、リーフィアはこの犬たちと同じ、可愛がり、愛《め》で、そして庇護《ひご》するべき対象なのだろう。だから会うたびに抱き上げて構う。

今リーフィアが子犬にしていることとなんら変わらないのだ。

——そんなの、分かっている。分かっているのに。

どうして、今、自分はこんなにもやもやとしているのだろう。面白《おもしろ》くないと思っているのだろう。……なぜこんなに落ち込んでいるのだろうか。

そんな彼女の気持ちに気付いたのか、子犬が慰《なぐさ》めるようにリーフィアの頬《ほお》をペロペロと舐《な》める。

リーフィアは子犬を胸に抱えながら、しばらくの間その場から動こうとしなかった。

一方、リーフィアと別れて居館《きょかん》に戻ったエーヴェルトは、人払いをした部屋でブラッドリーと共にとある男性を迎《むか》えていた。

黒いローブに、背中まで伸びた黒髪。前髪を下ろして目さえも覆《おお》い隠《かく》した姿は白を基調とした部屋ではかなり異質《いしつ》に見えた。

いや、姿だけではない、男自身がすでに異質だった。

エーヴェルトは、椅子《いす》に座ったまま一言も話さず、反応もしない男に向かってにこやかに挨拶する。

「急に呼び立ててすまないね、ラディム＝アシェル」

フォルシア国に仕《つか》える魔法使いたちの頂点に立つ男――ラディム＝アシェルはその挨拶に何も返さず無言のままだった。けれど、それを今さらエーヴェルトもブラッドリーも気にしなかった。

「本来ならば僕たちが出向くのが筋だけど、ほら、今魔法使いの塔《とう》は警備《けいび》を強化しているし、敵の目的が分からないうちに王太子《おうたいし》の僕が出向くのはどうかと言われてしまってね」

「こいつを引っ張り出すのも一苦労だったぞ。王太子の要請《ようせい》なんだからさっさと出て来ればいいものを」

ブラッドリーがぶつぶつと文句《もんく》を言う。そこでこの部屋に入ってから初めてラディム＝アシェルは言葉を発した。

「……面倒《めんどう》。忙しい」

ボソボソと呟かれた言葉は小さく、おまけに単語だけで不明瞭《ふめいりよう》だった。それで相手を怒らせたり呆《あき》れさせたりすることの多いラディム＝アシェルだが、付き合いの長いエーヴェルトたちは慣れたもので、その単語と言いたいことを正確に把握《はあく》した。

「ああ？　王子相手に面倒とか、お前なぁ！　一応、こんなのでも王太子なんだよ！」

ブラッドリーは、ここにエーヴェルトとラディム＝アシェルしかいないせいか敬語《けいご》も遠慮《えんりよ》もない。

「こんなのとはひどいなぁ」

エーヴェルトは苦笑したが、いつものことなので腹を立てることはなかった。

「ラディム＝アシェル。侵入者《しんにゆうしや》のこともあるし、結界の強化や調査で君が忙しいのは分かっている。でもぜひとも君の協力が必要なんだ。『新月の貴婦人』を捕まえるために」

「……関係ない」

ラディム＝アシェルはにべもなかったが、エーヴェルトは構わず続けた。

「今は便宜上《べんぎじょう》『新月の貴婦人』と言ってるけど、彼女は幻じゃなくて、本当に生身《なまみ》の人間なんだ。でもすばしっこくてなかなか捕まらない。言い伝えのように新月の夜しか表れないとしたら月に一度の機会しかないし、これ以上長引かせたくないんだ。だから協力を頼みたい。君に」

「興味ない」

「あのなぁ、王族の要請なんだから多少は協力しろよ！」

我慢《がまん》できずにブラッドリーが口を挟《はさ》んだ。けれどそれに対する返答も「知らない」とそっけないもので、さすがのブラッドリーも腹を立てた。

「いい加減《かげん》にしろ！」

「ブラッドリー。そういきり立つな。ラディム＝アシェルが興味を引かれないと動かないのはいつものことだ」

席から立ち上がるブラッドリーを制したのはエーヴェルトだった。実は彼にはラディム＝アシェルを動かすための切り札がある。

「ラディム＝アシェル。あの『新月の貴婦人』には魔法が関わっている。だからこそ君の協力を仰《あお》ぎたいんだ」

　エーヴェルトはそう言って上着のポケットからガラス瓶《びん》を取り出し、ラディム＝アシェルの前に置いた。そのガラス瓶の中には褐色《かっしょく》の髪の毛が収められている。

　ラディム＝アシェルの前髪に隠れた眉がピクリと動いた。

「これは『新月の貴婦人』が残していったものだ。最初この髪は言い伝えどおりに確かに白銀《はくぎん》だった。ところが夜が明けてみると褐色に変化したんだ。たぶん、魔法による変化だと思う」

　黒のローブから手が伸びて、机の上のガラス瓶を掴《つか》んだ。

「持ち主から離れて数ヵ月経つが、君ならもしかしたら魔法の残滓《ざんし》を読み取れるんじゃないかな？」

　そのエーヴェルトの言葉をラディム＝アシェルがちゃんと聞いているのかは分からない。

彼はすでにガラス瓶の蓋《ふた》を開けて中身を机の上にぶちまけていた。けれど、その髪の毛に指で触《ふ》れているラディム＝アシェルの目が爛々《らんらん》と光っているのが、前髪の隙間《すきま》から見えていた。

「これは……！」

「どう、魔法の形跡《けいせき》はあったかい？」

「はい」

先ほどとはうって変わってラディム＝アシェルははっきりとした口調《くちょう》で答えた。

「でも知らない術《じゅつ》です。読み取れません。残滓も少なくて、はっきりと解析《かいせき》もできません。これだけでは何の資料にもならない」

それからラディム＝アシェルは顔をあげ、エーヴェルトをまっすぐ見返した。

「これの本体を捕まえるのですね？　そうすればもっとはっきり術が見えるはず。ならば協力します」

「そう言ってくれると思っていた」

エーヴェルトはにっこり笑う。彼の隣《となり》ではブラッドリーがヤレヤレと安堵のため息をついていた。

――ラディム＝アシェルという人間を一言で表せば、それは「魔法狂《ぐる》い」だ。

人嫌いで、傍に誰かいられるのも嫌い。もちろん話をするのも嫌い。更に万事《ばんじ》面倒くさがりで、自分のことにも周りのことにも無頓着《むとんちゃく》――そんなだめ人間の典型のような彼の興味を引くものが魔法だった。

幼い頃から巨大な魔力を持ち、魔法を使わせれば当代随一《ずいいち》とも言われるラディム＝アシェルの頭を占《し》めるのは魔法のことだけ。普段《ふだん》単語しか言わないくせに、魔法に関することは人が変わったように積極的で饒舌《じょうぜつ》になる。

情も命令も、ラディム＝アシェルには効《き》かない。彼を唯一《ゆいいつ》動かせるのは魔法なのだ。

それが分かっていたからこそ、エーヴェルトは魔法で変化したと思われるあの髪の毛をここぞという時に使ったのだ。

再び視線を落とし、褐色の細い髪の毛を手でなぞるラディム＝アシェルに、エーヴェルトは中庭で『新月の貴婦人』に出会った時のことを説明する。相変わらずラディム＝アシェルは話を聞いているのか聞いていないのか分からなかったが、長い付き合いで、普通の人間のような反応を期待しても無理なことは分かっている。

ラディム＝アシェルのそんなところがシスティーナが匙《さじ》を投げる原因だった。打てば響《ひび》くような反応を好む妹とラディム＝アシェルは、まるで水と油なのだ。

エーヴェルトの一方的な説明は続いた。

「この時期に君が知らない魔法がこの城の中に二種類も存在する。偶然だとは思えないんだ。ただ、塔に侵入しようとした賊《ぞく》の形跡に比べれば、新月の貴婦人の手がかりはこの髪の毛しかない。しかもブラッドリーが彼女から引き抜いてから二ヵ月も時間が経ってる。ここから持ち主を捜索することは君でも難《むずか》しいかもしれないね」

そうエーヴェルトが言った直後だった。突然髪の毛を指でなぞっていたラディム＝アシェルが顔をあげた。

「思い出した。この魔法の残滓に覚えがある。あの時は別のことに気を取られてすぐに忘れてしまったけれど、これを見て思い出した。……アレと一緒だ」

驚きのあまり思わずエーヴェルトとブラッドリーは顔を見合わせた。

「え？　万年引きこもりのお前が？　見たことがあるのか？」

ブラッドリーが疑わしそうに眉をあげながら尋《たず》ねる。

「一度だけ」

ラディム＝アシェルは頷《うなず》くと、エーヴェルトとブラッドリー二人を見返した。


システィーナに頼まれて他部署《ぶしょ》にお遣いに出たリーフィアは誰かに見られているような気がして、足を止めて後ろを振り返る。

けれど、そこには誰もいなかった。

リーフィアは首をかしげながら再び歩き始める。

……頻繁《ひんぱん》にではないが、最近妙《みょう》に視線を感じることがあった。

もともと鳴《な》り物入《ものい》りで城にあがった身ということで、あちこちから注目されてはいた。

普段子どもの姿などない城の中ではどうしても目立つし、勤め始めた頃は「なぜ子どもが城の中に？」という目で見られることも少なくなかった。

けれど、十歳とは思えない礼儀《れいぎ》正しさと利発《りはつ》さもあって、徐々に認知《にんち》されてくるに従《したが》ってそんな目で見られることもなくなってきていた。最近ではいて当たり前の存在になってきていると肌で感じている。だから、今さらじっと見つめられるいわれはないはずだった。

もっとも、あのエーヴェルトの侍女の例もある。たいていは微笑《ほほえ》ましいと思われているようだが、中には彼女のように、王太子に可愛がられている侍女見習いを面白く思わない女性もいるようだ。

最近視線を送ってくるのはそんな女性たちだろうか？

違うような気もするが、かといって今さらリーフィアを見つめる意味が分からなかった。

ただ、そんな時はいつもうなじがちりちりと疼き、不安な予感が胸をざわめかせるのだった。

……気のせい、よね？

リーフィアは頭を振ってその不吉な予感を振り払うと、先を急いだ。

――もうすぐ新月の夜がやってくる。

5章 月の魔法

新月の夜を明日に控《ひか》えた日。

休み時間に図書館に出向いたリーフィアは、カミロが代休を取っていることを知った。

彼の突然の休みをまたしても知らされていなかったリーフィアは残念に思ったが、考えてみればリーフィア自身もいつ来るとカミロに予告することはほとんどない。

いつ図書館に来てもカミロがいるので、つい失念《しつねん》してしまうが、彼にも彼の生活があるし、色々な付き合いもあるのだろう。

お互い様と気持ちを切り替えたリーフィアは本を少しだけ見た後、自室へ戻ろうと図書館を出た。

帰る途中、また犬たちの散歩に付き合っているエーヴェルトを見かけ、足を止める。前回とは違い、今回はちゃんとブラッドリーが傍《そば》に控えていた。

エーヴェルトは庭のベンチに座り、犬と戯《たわむ》れていたが、リーフィアの姿に気付くと、手を振って呼んだ。

「おーい、フィラン。おいで！」

子犬に触《ふ》れたかったリーフィアはイソイソと近づいた。ところが犬に触れる前にエーヴェルトがひょいっという感じで抱き上げるとリーフィアを自分の膝《ひざ》に乗せてしまったのだ。

……本当にこの人は子どもを抱き上げるのが好きだな。

いい加減《かげん》に慣れてきたリーフィアは、彼の腕《うで》の中で大人《おとな》しく抱かれていた。どうせ嫌《いや》がってもこの人はやりたいようにやるだろう。

エーヴェルトは物腰《ものごし》が柔《やわ》らかなわりには意外に強引で、有無《うむ》を言わせないところがある。王子だから当然といえば当然かもしれないが、肖像画《しょうぞうが》だけを見て優しくて気品のある「物語の王子様」そのものだと思っていたら、足をすくわれるだろう。

さすがに五ヵ月近くも接していればリーフィアにだってそれくらいは分かる。

リーフィアの頭に顎《あご》を軽く乗せて、エーヴェルトは口を開いた。

「フィランは今日は図書館かい？」

「はい。司書《ししょ》のカミロさんに会いに来たのですが、あいにくと休みだったみたいで……」

「そうか。そういえば、捜《さが》していた本は見つかったのかい？」

そういえば最初に会った時、エーヴェルトの腕に抱かれながら本を捜してもらったのだった……。まだ半年も経《た》っていないのに、その時のことを懐《なつ》かしく思いながらリーフィアは首を振った。

「いいえ、結局見つかりませんでした。目録《もくろく》まで調べてもらったのですが……」

もともと不確《ふたし》かな情報だったのだ。それに元の姿を取り戻す方法は本以外にもある。いつ会えるか分からないけれど、ラディム＝アシェルと話ができるようになれば、きっと何らかの手がかりが得られるはずだ。

「そうか。残念だったね。ところでなんで魔法の本なんかを捜しているの？」

何気ない口調《くちょう》で聞かれて、リーフィアは内心ドキンとしたものの、平静《へいせい》を装《よそお》って答えた。

「そういう本があると兄から聞いていたんです。廃《すた》れてしまった魔法について色々書かれている本があるって」

「兄……ああ、リード・ウェインティンだね」

エーヴェルトから兄の名前が挙《あ》がって、リーフィアは頭をそらして彼を仰《あお》ぎ見た。

「兄を知ってるんですか？」

「そりゃあね。ついこの間も国境《こっきょう》で会ったよ。砦《とりで》を色々案内してくれたのがリードだった」

「あ……」

そういえば、この人は国境警備《けいび》の視察《しさつ》に出かけていたのだ。そこでリードと話をしてもおかしくない。納得《なっとく》していると、何かを思い出したのかエーヴェルトはくすっと笑った。

「城にいる時もモテたんだけど、彼の口からあがる女性の話題といえばいつも妹たちのことばっかりだったね。たいそう可愛《かわい》がっている様子で、僕にも妹がいるからけっこう話が合うんだ」

「はぁ」

兄といい、この人といい、当代きっての美形が揃《そろ》っているというのによりにもよって妹の話題だとは。普通、この年齢《ねんれい》の男性同士の話題だったら、どこそこの令嬢《れいじょう》が美人だとか、そういう話になるだろうに。

けれど幼《おさな》い頃から女性に追いかけ回されてきたリードに至《いた》っては、理想の女性は「自分を追いかけてこない女性」というのだから、エーヴェルトも似たようなものなのかもしれない。

クーン。クーン。

いきなり足元で子犬の哀《あわ》れな声が聞こえた。どうやら二人が自分たちを無視して話をしているのが気にくわないらしい。そのうちの一頭が我慢《がまん》できずにエーヴェルトの足をよじ登り、リーフィアの膝の上に気持ちよく納《おさ》まる。

それを機にどんどん犬たちが集まり、よじ登ってきたため、あっという間にリーフィアの膝の上は小さな毛玉でいっぱいになった。

――もふもふの楽園か、ここは！

目を輝《かがや》かせ、夢中で膝の上の犬を撫《な》でまくっていると、非常にご満悦《まんえつ》そうな呟《つぶや》きが上から降ってきた。

「あー、もう、可愛いなっ」

キュウと抱きしめられるが、子犬を撫でるのに一生懸命《けんめい》なリーフィアは気付かない。

子犬を愛《め》でる幼女《ようじょ》を嬉《うれ》しそうに抱きしめる成人男性の姿に、近くで目撃《もくげき》していた男《ブラッドリー》はドン引きしました。

「幼児性愛病者《ロリコン》か、やっぱり……」

リーフィアにとって聞き捨てならないその単語は、幸い彼女の耳に入ることはなかった。


もふもふを堪能《たんのう》したリーフィアが回廊《かいろう》の向こうに消えると、ベンチに座ったエーヴェルトのすぐ傍に、黒い人影が音もなく出現した。

黒いローブ姿のその男に、エーヴェルトは問いかける。

「どうだった？　何か分かったかい？」

男――ラディム＝アシェルは首を振った。

「魔法の形跡《けいせき》は微《かす》かに見えたけど、もっと近づかなければ分からない。たぶん隠《かく》されているのだと思う。とりあえず彼女に『印』はつけておきました」

「そうか……」

いつになく流暢《りゅうちょう》な言葉に、エーヴェルトは苦笑する。どうやらこれは彼にとってかなり興味を引くことのようだ。この分なら最後まで力を貸してくれるだろう。

「では、全ては明日の夜だね」

先ほどまで抱《かか》えていた小さな身体《からだ》を思い出しながら、エーヴェルトはラディム＝アシェルとブラッドリーに言った。

――この時、エーヴェルトもブラッドリーも、そしてラディム＝アシェルですら、気付くことはなかった。

裏庭に隣接《りんせつ》する建物の中から一対《いっつい》の目がそのやり取りをじっと見つめていたことを。

彼は気配に気付かれないうちにすっと窓から離れた。

「やっぱり気にくわないなぁ、あいつ。私の可愛いリーフィアにベタベタ触《さわ》るなんて。汚《けが》れちゃうじゃないか」

口を尖《とが》らせながらブツブツと呟く。

「あの子を身近で愛でられるのはよかったけど、やっぱりあんな虫がいるここにはリーフィアを置いておけないね。さっさと目的を果たしてあの子をここから離さなくちゃ」

月のない夜がまたやってくる。

――その夜、城に来て五度目の新月を迎《むか》えた。

リーフィアはリリアンが夜勤《やきん》に出るために部屋を出て行った後、こっそりベッドを抜け出した。枕《まくら》とクッションで寝ているような偽装《ぎそう》をし、子ども用の服が入った手提《てさ》げの荷物を抱えてそっと部屋を出る。

リリアンはまだシスティーナの部屋から戻ってきてはいない。戻ってきてもリーフィアが眠っていると思えば、起こすことはないだろう。

いつもならもう少し夜が更《ふ》けてから部屋を抜け出すのだが、今日は何だか嫌な予感を覚えて早めに出たのだった。

「警備の人は……あまりいないみたい」

柱の陰《かげ》に隠れてリーフィアは辺りを窺《うかが》いながら安堵《あんど》する。けれど油断《ゆだん》はできなかった。

今はまだそれほど警備の人間が多くなくても、夜も深くなればどんどん増えていくだろう。むやみに動き回って警戒している彼らに見つかるよりは、早めに動いて、安全な場所を確保《かくほ》するべきだろう。そう思った。

場所の目星はつけてあった。前に潜《もぐ》り込《こ》んだ道具部屋だ。もちろん夜になっても誰か入ってくる可能性はあるが、掃除《そうじ》は基本的に昼間行われるものだ。夜になって掃除用具入れに用がある人間はほとんどいないだろう。

リーフィアは人がいないのを確認し、自分の頭に手を当てて頭巾《ずきん》をかぶっていることも確認するとそっと柱の陰から出た。

頭巾は自分のどこが一番人目をひくかを考えて出した苦肉《くにく》の策《さく》だった。下働きの掃除夫や洗濯女《せんたくおんな》たちがよく被《かぶ》っているものを参考にしたのだ。

突発的《とっぱつてき》に考えたにしては、リーフィアの特徴的《とくちょうてき》な白銀《はくぎん》の髪を隠すのにもってこいだし、これから隠れる場所にいても違和感《いわかん》はないだろう。むしろどうして今までこのことに気付かなかったのかとすら思う。

なるべく人の気配がしない廊下《ろうか》を選んで進む。けれどリーフィアは途中で足を止めると、パッと振り返った。何となく人に見られている気がして仕方なかったのだ。けれどそこには誰もいなかった。

「気の……せいかしら？」

誰にとはなしに呟くと、リーフィアは踵《きびす》を返して再び歩き始めた。

いくつかの廊下を迂回《うかい》し、ようやく例の道具部屋に入ると、リーフィアは灯《あか》りもつけずに床《ゆか》に腰を下ろした。

今日はいつにも増して長い夜になるだろう。

けれど外に出て時間を潰《つぶ》していた前回に比べて、今回は格段《かくだん》に安全度は増しているはず。……なのにどうしてこんなに嫌な予感がするのだろうか？

もしかしてそれは昨日、別《わか》れ際《ぎわ》に交《か》わしたエーヴェルトとの会話が原因なのかもしれない。

『そういえば明日の夜は新月だね。月のない夜だ』

リーフィアを膝から下ろしたエーヴェルトは、脈絡《みゃくらく》もなくいきなりそう言い出した。

『明日は一日中公務《こうむ》の予定が入っててフィランに会えそうもないから言っておくけど、明日の夜は出歩いてはいけないよ？　とても危険だ』

足元にまとわりつく子犬を見下ろしていたリーフィアは、ハッとして顔をあげる。

『ちょ、殿下！　何言ってるんですか！』

なぜかブラッドリーが慌《あわ》てたように口を挟《はさ》む。それを手で制しながらエーヴェルトは続けた。

『明日の夜は夜半《やはん》になるにつれ、兵士や物見高い連中が増えてくるだろう。中にはハメをはずす輩《やから》もいるかもしれない。子どものフィランには危険だからなるべく部屋を出ないようにするんだよ？』

『分かりました。殿下の言うことを聞いて部屋で大人しくしています』

しおらしく返事をしながらリーフィアは妙《みよう》に引っかかるものを感じていた。

エーヴェルトは子どものフィランが興味本位で『新月の貴婦人』捜しに加わって何かあってはいけないと、心配してくれているのだ。そう思いながらもなぜか胸がざわついた。

『そう。フィランは賢《かしこ》くていい子だね』

エーヴェルトはにこにこ笑っていた。

そこで休み時間が終わりそうなことに気付き、リーフィアはその場を慌てて離れたが、この時覚えた嫌な予感はその後いつまでも消えなかった。

まる一日以上経った今も、それが続いていると言ってもいい。

暗闇《くらやみ》の中、道具部屋の床に座ってリーフィアはこみ上げてくる不安と、胸の痛みと戦っていた。

――自分は彼を騙《だま》している。

エーヴェルトだけじゃない。システィーナも、リリアンも、ブラッドリーも、カミロも。

フィランを可愛がってくれている城の皆を裏切っている。

元の姿を取り戻すためという理由があっても、皆を偽《いつわ》っていることに変わりはない。

皆が知っている「フィラン」は偽者《にせもの》。魔法で作られた幻《まぼろし》のようなものだ。きっとリーフィアの真実を知ったら、皆は騙されたと怒るだろう。そしてリーフィアを敬遠《けいえん》するだろう。

　そうなることは分かっていて、覚悟《かくご》もして城に来ているはずなのに、どうしてこうも胸が痛むのだろうか。

「ごめんなさい。ごめんなさい」

　呟いて、リーフィアは自分の膝に顔を埋《うず》めた。でも何度謝っても、胸の痛みも苦しさも少しも軽くなりはしなかった。

　そうしてどれほど経っただろうか。外が騒《さわ》がしくなっているのに気付いてリーフィアは顔をあげた。

　そろそろ夜半も近いのか扉《とびら》の向こうで、何度も足音が通り過ぎていく。ガチャガチャと音がしていることから、中には甲冑《かっちゅう》を着込んだ兵士も混じっているらしい。

　先月よりも城をうろついている人数が多いのがその音からも分かる。リーフィアはゾッと身を震《ふる》わせながら息を潜《ひそ》めていた。

　足音が通り過ぎるたびに、心臓がドキドキした。こんな物置にしている部屋をいちいち見て回りはしないと思うが、誰かが念のためそれをしてしまったら？

　そう思うと、息をするのも苦しくなっていく。

　外が一層《いっそう》騒がしくなっていた。

　バタバタと扉の外を通り過《す》ぎる足音が時間と共に増えていく。

その音を聞いているうちに、リーフィアはようやく何かがおかしいことに気付いた。闇《やみ》雲《くも》に捜していているにしてはいくら何でも多すぎる。

まるで、この近くに現れたものを大勢《おおぜい》で追いかけているような……？

そんな時、外から大きな声が聞こえてきた。

「今度はこっちで見つけたぞ！　間違《まちが》いない。『新月の貴婦人』だ！」

——え⁉

リーフィアは弾《はじ》かれたように顔をあげた。

『新月の貴婦人』が出た？　自分はここにいるのに？

ドタドタと外での足音が大きくなる。大勢で移動しているような音だ。

「今度はこっちだそうだ！」

「どういうことだ！　今夜に限ってあちこちで姿を見かけるなんて！」

「やっぱり怪奇現象《かいきげんしょう》なんじゃ……」

物置部屋を通り過ぎながら男たちが大声で話をしているのが聞こえてきて、リーフィアは更に混乱した。

あちこちで『新月の貴婦人』が現れている……？　どういうこと？

リーフィアは立ち上がり、扉を見つめた。みんな一斉《いっせい》に移動してしまったようで、今では元の静寂《せいじゃく》を取り戻していて、外には誰もいないようだ。ゴクリと息を呑《の》む。

出没《しゅつぼつ》しているという『新月の貴婦人』は、本物の貴婦人の幽霊《ゆうれい》なのだろうか？

——どういうことか確かめに行きたい。

それは当然の気持ちだった。手が扉の取っ手に伸びる。

けれど、すんでのところでその手は止まった。

本物かもしれない『新月の貴婦人』が出たのなら、ここにいればリーフィアが見つかることはない。安全のことを考えたら大人しく夜が明けるまでこの場にいるべきだ。

そんな声がリーフィアの中で大きくなり、扉を開けようとしていた手を下ろした。

——そう、それでいいのだ。危《あや》うところに立《た》っているのだと思えば、何度も石橋《いしばし》を叩《たた》きながら渡っても足りないくらいだ。

「ふぅ……」

小さく息を吐《つ》いて心を落ち着かせたリーフィアは、また元のように床に座ろうとして振り返った。そしてギョッとした。

「……え……？」

暗闇の中。そこには数匹の光る蝶《ちょう》が浮いていた。

「何、これ……？」

思わず後ろに数歩下がる。背中にドンと扉がぶつかった。けれど、リーフィアの意識は目の前のことに奪《うば》われていてそのことには気付かない。

光を発する蝶はリーフィアの目の前をひらひらと舞っている。羽が発光しているのではなく、全体が光っているのだ。蝶の形をした光と言ってもいいだろう。

この蝶はなんだろう、いつ入ってきたのだろう？

暗闇の中淡《あわ》い光を発して舞う――突然現れたのでなければ、それは幻想的《げんそうてき》で美しい光景だっただろう。

呆然《ぼうぜん》とそれらを見つめるリーフィアの目の前で突然変化が訪《おとず》れる。

「なっ……！」

蝶の数が増えていた。最初は数匹《すうひき》だったものが、暗闇にぽっ、ぽっと、まるで誰かが火を灯《とも》しているみたいに現れてくる。

リーフィアの顔が恐怖《きょうふ》で引きつった。

後ろ手で必死に扉の取っ手を探《さぐ》り当て、開けると同時に物置から飛び出していく。

安全だった隠れ場所から抜け出すのは危険だと分かっていたが、背に腹はかえられなかった。

幸い、兵士や『新月の貴婦人』を捜している人たちは移動してしまったようで、廊下には人っ子一人いない。しんと静まり返った廊下を、リーフィアは走った。

――どういうこと？　何がどうなっているの？

訳が分からなかった。けれど、走りながら後ろを振り返ってみると、暗闇に浮かぶ蝶がひらひらとリーフィアの後を追ってくるのが見えた。

「いやぁぁぁ！」

リーフィアは涙目になって足を前へ前へと動かした。

もはや自分がどこへ向かおうとしているのか分からない。ただ、光る蝶がリーフィアを追いかけてきていて、足を止めることができないのだ。リーフィアはひたすら走った。

——やだ！　気味が悪い……何がどうなっているの？

蝶は時にはリーフィアを先回りし、曲がろうとした廊下の先にいることもあった。

「きゃあ！」

仕方なく彼女は蝶のいない道を選ぶしかなかった。

幸い、リーフィアが進む先にはまるっきり人の姿がない。いや、幸いではなくて不思議と、とでも言うべきだろう。ただ、時々遠くからわーわーという声があがっていることから、彼らがまだ『新月の貴婦人』を追いかけているのだと分かる。

もっとも、リーフィアはいっそのこと誰かに助けを求めたい気分だった。

「はぁ、はぁ、はぁ」

どれほど走ったことだろう。基本的に引きこもり令嬢だったリーフィアにはあまり体力がない。そして生まれてこの方、こんなに走り続けたことはなかった。もう心臓が破れそうだ。

リーフィアは、これを切り抜けることができたら、体力づくりをしようと心に誓《ちか》った。

しばらくしてリーフィアは、いつの間にかほとんど見覚えのない一角に入り込んでいることに気付いて足を止めた。しかもこの廊下の先は行き止まりのようで、大きな扉があるだけだ。

その扉の向こうに何があるのか、リーフィアは知らない。

荒い息を吐きながら、元の道を引き返そうとくるっと振り返ったリーフィアは、すぐそこまで光る蝶が追いかけてきているのを見て仰天《ぎょうてん》し、袋小路《ふくろこうじ》に向かって走り始めた。行き止まりだと分かっていても、もうどうしようもなかった。

あとから考えれば、蝶に追いかけ回されただけで何かされたわけではないので、いっそのこと大群《たいぐん》の中を突っ切って逃《に》げればよかったのかもしれない。けれど、ずっと逃げ続けて混乱している今のリーフィアはそんなことに気付けるはずもなく、彼女はとうとうその扉の前まで追い詰《つ》められていた。

「ええい、ままよ！」

リーフィアは覚悟を決めて、その少し大きな二枚扉の取っ手を押し開いて中に飛び込んだ。

次の瞬間《しゅんかん》、誰かの腕の中に抱きとめられた。

「はい、捕《つか》まえた」

笑いを含《ふく》んで上から降ってくるのは、リーフィアのよく見知った声、だった。

廊下が真っ暗だったため、部屋の中も暗いだろうというリーフィアの予想とは違って、中はランプの光がいくつも灯されて明るかった。光に照らされた部屋の中は広くて豪華《ごうか》で、一目見ただけで身分の高い人の私室《ししつ》だと分かる。

もっとも今のリーフィアには部屋を見回している余裕はなかった。

自分を抱きかかえて閉じ込めている腕と聞き覚えのある声の主《ぬし》に気付き、すぅと血の気が引いていく。

——エーヴェルト殿下《でんか》。

慌てて腕から身を引《ひ》き剝《は》がし、逃げようと振り返る。けれど、すでに扉は閉ざされ、その前では逃がさないとでも言うようにブラッドリーが腕を組んで立っていた。

リーフィアは閉じ込められた。……いや、この部屋に誘導《ゆうどう》されたのだ。今ではそれが分かる。現にあれほどしつこく追いかけてきていた蝶の姿は、今はまったく見当たらなかった。

唇《くちびる》を嚙《か》みながら閉ざされた扉を見つめ、リーフィアはゆっくりエーヴェルトに向き直る。

その心臓はドクドクと痛いくらいに脈打《みやくう》っていた。

「ようやく会えたね。貴婦人《レディ》」

目の前にいるエーヴェルトはにこにこと笑っている。リーフィアは顔をこわばらせたが、返答しなかった。

エーヴェルトはそんな彼女の顔を見、それから頭を覆《おお》う頭巾から靴《くつ》の先までじっと見つめると、何を思ったのか手を伸ばして頭巾を取り上げてしまう。

「あっ……！」

隠されていたリーフィアの白銀の髪がファサッと肩と背中に落ちる。明るいランプに反《はん》射《しゃ》して、その流れるような白銀の髪は淡い金色の光を放っていた。

背後《はいご》でブラッドリーが「ほう」と感嘆《かんたん》の吐息《といき》を漏《も》らすのが聞こえた。

「うん。やっぱりこの方がいい」

リーフィアの髪を見つめて、エーヴェルトは笑顔で頷《うなず》いた。

「さて、挨拶《あいさつ》をと思ったけど、初めましてじゃないよね、レディ？」

リーフィアはその言葉に答えず、きゅっと口を引き結びながら俯《うつむ》いた。

頭の中は疑問と疑惑《ぎわく》と、そしてここをどうやって切り抜けようという思いでいっぱいだった。

自分が罠《わな》にかけられ、ここまで誘導されたのは明らかだった。

──でも、どうして？　どうしてあそこにがいるのが分かったのだろう？

……そして、彼らは自分をどうするつもりなのだろう？

少しだけ顔をあげて窓の外に目を向ける。分厚《ぶあつ》いカーテンが掛けられていて、外の状況はよく分からなかった。けれど、隠れていた物置部屋を飛び出してもうだいぶ経っている。夜明けも近いのかもしれない。

だとしたらとてもヤバイ。今すぐここから出ないと……！

彼らの目の前で「フィラン」に戻ることだけは、何があっても避《さ》けなければならない。

リーフィアは覚悟を決めると、エーヴェルトを見上げた。彼の碧《あお》い瞳をまっすぐ見つめながら口を開く。

「恐《おそ》れながら申し上げます。私が殿下に会ったのは今が初めてです。部屋を間違えて入り込んでしまって申し訳ありません。変な蝶に追われていて、つい飛び込んでしまったのです」

けれど、エーヴェルトはリーフィアの言葉を聞いているのかいないのか、感心するように言った。

「君はそんな声をしているんだねぇ」

──人の話を聞け！

少しイラッとしながらリーフィアは続ける。

「確かにこんな色の髪をしていますが、私は殿下の捜している人物ではありません。人違いです。現に今も外では皆が追いかけているではありませんか」

ここからだと微《かす》かだが、遠くでまだワーワーと騒いでいるような声がしていた。きっとまだ『新月の貴婦人』を追いかけているのだろう。

「私は知らずに偶然ここに飛び込んでしまっただけです。今すぐ出て行きますので、突然乱入《らんにゅう》した無礼《ぶれい》をお許しください」

リーフィアは頭を下げると、くるっと踵を返して扉に向かった。扉の前にはブラッドリーがいて、彼女の一挙一動《いっきょいちどう》を感情の見えない目で見つめている。

「申し訳ありませんが、そこを通していただけますか？」

平静を装ってリーフィアは言った。その姿は服装こそ飾り気のない、下働きが着るようなものだったが、立ち居振る舞いは貴族の令嬢そのものだった。だからこそよけいに違和感を二人に与えているのだが、ここから逃げることに必死なリーフィアは気付いていなかった。

「そういえば、伯爵《はくしゃく》令嬢だものねぇ」

のんびりとした口調でエーヴェルトが口を挟む。リーフィアの正体を知っているような言葉にビクンと飛び上がり、思わずエーヴェルトを振り返った。

そして目を剝《む》いた。

エーヴェルトの隣《となり》に黒いローブ姿の男がいつの間にか立っていたのだ。さっきまでそこにはエーヴェルト以外誰もいなかったのに。

仰天して言葉もないリーフィアを他所《よそ》に、エーヴェルトはその上から下まで黒色を纏《まと》った人物に微笑《ほほえ》みながら声をかける。

「お疲れ様。本物そっくりの幻影《げんえい》を同時にいくつも出現させて操《あやつ》るなんて大変だっただろう？」

「……別に。簡単」

ボソボソと呟くその人に、リーフィアは見覚えがあった。東館の迷路《めいろ》に迷い込んだ時に、助けを求めた人だ。

呆然と見つめていると、その人が長い前髪の向こうからリーフィアをじっと見つめていることに気付いて、身を縮《ちぢ》めた。妙に居心地《いごこち》が悪かった。

「で、何か分かったかい？」

男がリーフィアを見ていることに気付いてエーヴェルトが尋《たず》ねる。彼はリーフィアを眺《なが》め、何度も頷いてから言った。

「うん。魔法。間違いない。今は効力《こうりょく》が消えているけど、それだけに見やすくなっている」

さっきとはうって変わって流暢にしゃべり出す黒い男にリーフィアは面食《めんく》らう。

「だけど、彼女自身に魔力はない。かけられているだけ。うん。だから、塔《とう》へ侵入《しんにゅう》したのは違うね」

「そうか……」

エーヴェルトは安堵の息を吐く。扉の前にいたブラッドリーも肩の力を抜いた。けれど続く男の言葉に二人は眉《まゆ》を顰《ひそ》める。

「ただね、はっきり判断を下すのは早いと思う。まるっきり無関係かといえば……断定《だんてい》はできないから」

「どういうことだい」

「侵入者が使っている術《じゅつ》同様、まったく知らない魔法だから。全然読み取れない。たぶん、古い魔法だ」

リーフィアは驚《おどろ》いて男を見つめた。一体この人は何者だろう？　言動《げんどう》からすると魔法使いらしいが……。

「古い魔法？」

「そう。僕らが使っている体系の魔法じゃない。すごく興味深い。研究したい。殿下。アレ、僕にくれない？」

リーフィアをじっと見つめて男が興奮《こうふん》した声を出す。アレというのはリーフィアのことだろう。

くれ？　冗談《じょうだん》じゃない！　男が何者か分からないが、本能が囁《ささや》いている。あの手の人間はとてもやっかいだぞと。

リーフィアは思わずエーヴェルトに縋《すが》るような目を向けた。顔を顰《しか》めたエーヴェルトは首を横に振る。

「だめだよ。術を研究するのは構《かま》わないけど、あげることはできない」

「……」

男はむぅと口をすぼめる。助かったとリーフィアは安堵の息を吐いた。

――その時だった。

「……あ……」

胸のあたりがぞわりと疼《うず》き始める。リーフィアはとっさに胸を押さえた。それは変化の前兆《ぜんちょう》だった。

瞬《また》く間に全身に広がった疼きに立っていられなくなったリーフィアはその場でしゃがみ込んだ。

「おいっ！」

「大丈夫かい？」

ブラッドリーとエーヴェルトが仰天して駆《か》け寄《よ》ってくる。

――逃げなければ。一刻も早くここから出なければ……！

彼らの前で変化するわけにはいかない。『新月の貴婦人』がフィランだと知られるわけにはいかないのだ。

内側から絶え間《たま》なく湧《わ》き上《あ》がる疼きに耐《た》えながら、リーフィアは顔をあげ、心配そうに覗《のぞ》き込むエーヴェルトを見上げた。その目は潤《うる》み、彼女の美しさに一層華《はな》を添《そ》えていた。

「今すぐここから出して。お願い、見逃《みのが》してください……！」

上着を摑《つか》んで縋りついたリーフィアは彼の心配に揺《ゆ》れる碧い瞳《ひとみ》に、そしてエーヴェルトは間近で見た涙に濡《ぬ》れるアメジストの瞳の美しさに、同時に息を呑んだ。

紫の瞳と碧い瞳が交差する。……時が、一瞬だけ止まったような気がした。

ところがそこに今の状況にはそぐわない声がかかる。

「ん？　術が活性化《かっせいか》している？　ちょっとよく見せて」

黒い男がエーヴェルトを押しのけるようにしてリーフィアを見下ろす。二人の間にあった淡い空気はすぐ断ち切られ、霧散《むさん》した。

「ああ、分かった。そうか、新月が鍵《かぎ》なんだ」

男は一人で納得してポンと手を叩くと、今度はスタスタと窓の方に向かって歩き出す。リーフィアはもちろんのこと、エーヴェルトもブラッドリーも彼の行動に面食らっているようだった。

「お前何やってんの？」

窓の前まで来ると男はエーヴェルトたちの方を振り返り――そしてリーフィアの見間違えでなければその口元に笑みを浮かべた。

「殿下。ブラッド。よく見てて。これが彼女にかけられた魔法だ」

「やめて！」

リーフィアは彼がやろうとしていることに気付き、ハッとして叫《さけ》んだ。けれど遅かった。

男の手がカーテンを勢《いきお》いよく引いていく。

カーテンに覆われてさっきまで見えなかった窓の外には、すでに暁闇色《あかつきやみいろ》が広がっていた。遙《はる》か彼方の空はもう明るくなりかけている。夜が、明けたのだ。

――ああ、もう、だめだ！

リーフィアは覚悟をし、両手に顔をうずめた。

すぐにその時が来た。身体に刻《きざ》まれた術が、彼女の中で息を吹き返す。

自分の身体がその姿を変えていくのをリーフィアは感じた。

輝くような白銀の髪は大地の色へと染《そ》まっていく。白いシンプルな服の中で丸みを帯《お》びた女性らしい身体が縮み、凹凸《おうとつ》のない子どものものへと変化し、顔を覆い隠すほっそりとした長い指は、小さくて短くなっていた。

「これは……」

エーヴェルトは目の前で起こった変化に感嘆の声をあげた。

「マジか、マジだったのか……」

イマイチ信じていなかったらしいブラッドリーは、変化を目の辺りにして仰天している。予想が当たった黒い男は一人ではしゃいだ声を出した。

「ああ、やっぱり新月が鍵《かぎ》なんだね。すごい！　これほど見事に二つ重なっている魔法は見たことがない！」

「はしゃいでないで説明してくれ」

エーヴェルトは床に座り込み、手で顔を覆ったまま動かないリーフィアをちらりと見ながら男に尋ねる。

「どっちが彼女の本当の姿なんだい？」

「ん？　ああ、さっきまで君たちが見ていた大人の姿だよ。あっちが魔法の効力が切れた姿だ。今見えているのは、魔法で作られた姿だ」

「そうか……」

彼の言葉に頷いた後、エーヴェルトはそっとリーフィアに声をかけた。

「フィラン？」

リーフィアはビクンと身体を震わせた。

「顔をあげて、フィラン。分かっているからもう隠さなくていい」

その声にもう一度身体を震わせると、リーフィアは手の中で目を閉じて震えるような吐息をついた。

――……ああ。そう、なんだ。もう知っていたんだ。『新月の貴婦人』がリーフィアであることを。

だからこそ、どこに隠れているか最初から分かっていたし、魔法で出した『新月の貴婦人』の幻影を使って人々を遠ざける一方で、リーフィアを蝶を使って誘導し、自分たちのところへ自《みずか》ら飛び込むように仕向けたのだ。

そして彼女はその罠に見事引っかかってしまった……。

リーフィアは顔を覆っていた手を離すと、そのまま手を床につき、頭を下げた。

「フィラン。話を聞かせてくれないか？　……フィラン？」

エーヴェルトはリーフィアの行動に仰天する。彼女はぶかぶかの服が肩から脱《ぬ》げかけているのも構わず頭を床にこすり付けるようにして言った。

「殿下。今まで偽り、皆さんを騙していたことを心からお詫《わ》びします。けれど全ては私が家族の反対を押し切って勝手にやったこと。咎《とが》は私一人にあります。ですから、どうか家族やお祖父《じい》様たちはお許しください……お願いします！」

脳裏《のうり》に家族の顔が次々と浮かんでいく。両親に、兄のリード。弟のレインに、可愛い妹のフィラン。リーフィアに責任を感じてずっとリーフィアが元に戻る方法を探し続けてくれている祖父《そふ》母《ぼ》。リーフィアにとっては何よりも大切なもの。

彼女が元の姿を取り戻したかったのは、自分のためだけじゃない。家族のためでもあった。リーフィアが魔法にかけられたことで罪悪感《ざいあくかん》を抱き続けている皆を、自分という枷《かせ》から解放したかったからだ。

だから城に来るにあたり、決めていたことがあった。それはもし万が一バレることがあったら、この命と引《ひ》き換《か》えにしても家族にだけは累《るい》が及ばないようにしようと。

「お願いします。どうか、どうか、家族だけは……！」

頭を下げたままリーフィアは懇願《こんがん》した。

「……フィラン。顔をあげなさい」

静かな声が上から降りてきた。リーフィアはビクッと震え、それから恐る恐る顔をあげた。

「あのね、フィラン。僕は騙されたとは思っていないんだよ」

エーヴェルトはリーフィアの前にしゃがみ込み、彼女の褐色に変化した頭をそっと撫でた。

「……殿下？」

「だから君をこのことで咎《とが》めようとは思わないし、もちろんウェインティン伯爵家をどうこうするつもりもない。ただ知りたいだけなんだ。この城で起こっていることを」

エーヴェルトはリーフィアを抱き上げると床に立たせ、しっかり目線を合わせた。

「エーヴェルト・フォルシアの名前にかけて、決して悪いようにはしない。だから話してくれるね、フィラン？」

リーフィアは黒に変化したその瞳でエーヴェルトをしっかりと見返し、頷いた。

「はい。お話しします」


さすがにブカブカの服のままでいるのは不都合だと思い、話す前にリーフィアは持参した服に着替えさせてもらうことにした。

ソファの陰で手早く子ども用の服を身につけると、エーヴェルトに促《うなが》されるまま、彼の隣に腰を下ろす。テーブルを挟んだ向かい側には黒い男が座った。

ブラッドリーは座ることなく、エーヴェルトのすぐ近くに控えていたが、彼がリーフィアを困ったような顔で見ているのに気付いて心の中で苦笑いを浮かべた。

どうやら彼は二つの姿を持つリーフィアをどう扱《あつか》ったらいいのか戸惑《とまど》っているらしい。

それは別に珍《めずら》しいことではない。リーフィアが魔法にかけられた直後、姿の変わった彼女に家族はほとんどブラッドリーとそっくり同じ表情を浮かべて遠巻きにしていたからだ。

仕方ないのかもしれないが、リーフィアは少し寂《さび》しかった。

「さて、フィラン。まず確認しておきたいんだけど、君の本当の名前は？」

エーヴェルトが優しい声で訊ねる。リーフィアは彼をちらっと見上げてから答えた。

「リーフィアです。リーフィア・ウェインティン」

「そうか。リードのすぐ下の妹さんだね。遠方で療養中《りようようちゆう》だっていう」

その言葉につい リーフィアは苦笑した。

「表向きそうなっているだけで、実際は病弱でも療養でもないんですけどね」

「そういえば前にどこかで噂《うわさ》を聞いたことがあった」

ブラッドリーがふと何かを思い出したように口を挟んだ。

「リード・ウェインティンのすぐ下の妹は評判の美少女だったけど、モグリの魔法使いに醜《みにく》い姿にされてしまい、ショックで表に出てこられないのだと」

「こら、ブラッドリー」

エーヴェルトがたしなめる。ブラッドリーは「あ」と言って口を押さえたが後《あと》の祭《まつ》りだ。

リーフィアはそのあけすけな言葉に苦笑を禁《きん》じえなかった。

「いいんです。ほとんど事実ですから」

それから彼女は背筋《せすじ》を伸ばして三人を見渡した。

「全てお話しします。最初から」

——八年前、十歳の誕生日に自分の身に起きたこと、姿だけではなくて成長まで止められていること、そしてその魔法をかけた相手がすでに死んでいること。月魔法と呼ばれる特殊《とくしゅ》な魔法だったらしく、解除《かいじょ》できないでいることなどを順を追って説明した。

　そしてなぜ妹フィランの名前を騙《かた》って城に来たか、その理由も。

「そうか、元の姿に戻る手がかりを知るために、ラディム＝アシェルにねぇ」

　エーヴェルトとブラッドリーの視線がなぜか黒い男に集中した。それを不思議に思いながらリーフィアは頷いて言葉を続ける。

「はい。結局図書館に月魔法のことについて書かれた本は見当たりませんでした。だから、その本を書いたラディム＝アシェルさんだけが頼りなんです」

「……本がなかった？」

　黒い男はエーヴェルトたちの視線を他所に、何か考え込みながらボソッと口を挟んだ。

リーフィアは説明している間、一度も声を発することがなかった彼の突然の言葉に驚きながら答える。

「はい。カミロさんに……知り合いの図書館司書に目録まで出してもらって捜したんですが、見当たりませんでした」

「……変だな」

「何か心当たりがあるのかい？」

　エーヴェルトが聞くと、黒い男は頷いた。

「あの本なら確かに師匠《ししょう》が図書館に寄贈《きぞう》していたはずで……」

そこまで言って、彼はハッとした。

「まさか――」

男の真正面にいたリーフィアには、彼が前髪の奥で目を見開いたのが分かった。次の瞬間、その姿がふっとかき消える。

「え？」

――消えた……!?

つい今しがたまで目の前に座っていた人間が突然前触れもなく消えたことに、リーフィアは呆然となった。

「あっ、おい！　話の途中なのに、いきなり転移《てんい》かよ！」

ブラッドリーが悪態《あくたい》をつく。エーヴェルトもこれには苦笑を禁じえなかったようだ。

「相変わらず唐突《とうとつ》だね、彼も。でも何か、本に関しては心当たりがあるらしいよ」

「あの……」

リーフィアはおずおずと尋ねた。

「あの人は一体どういう方なんですか？　魔法使いなのは分かりますけど……」

その言葉にエーヴェルトとブラッドリーは顔を見合わせた。

「ああ、そうか。まだ紹介《しょうかい》してなかったね。彼が君の捜している魔法使いの長《おさ》、ラディム＝アシェルだよ」

「……へ？」

リーフィアはポカンと口を開いた。あの人がラディム＝アシェル⁉

ラディム＝アシェルといえば、魔法の天才で、また若いのに長という責任のある席についた、著名《ちょめい》な魔法使いだ。

それが、あの人？　全身黒づくめで、前髪を隠してて、どう考えてもコミュニケーション能力に問題がありそうな、あの人？

確かに人嫌《ひとぎら》いで引きこもりだと聞いているけれど――

「ほ、本当にあの人がラディム＝アシェルなんですか？」

「気持ちは分かるが、残念ながら本当のことだ」

ブラッドリーが重々しく頷く。

その次の瞬間、リーフィアは心の中で叫んでいた。

――知っていれば、迷路で会った時に月魔法のことを尋ねていたのに……！　そうすれば、エーヴェルトたちに素姓《すじょう》がバレないですんだのに！

ああ、なぜ自分はあの時に気付かなかったのだろうか。

けれどそれも全て後の祭りだ。

ぐぬぬと顔を顰めていると、エーヴェルトが笑った。

「魔法使いというと神秘的《しんぴてき》で重々しいイメージがあるよね。だけど、ラディム＝アシェルはどっちかというと変人の雰囲気《ふんいき》だから、分からないのも無理はない。それよりも……」

何気にひどいことを言いながら、エーヴェルトは手を伸ばしてリーフィアをひょいっと抱き上げると、自分の膝の上に載《の》せた。

「で、殿下？」

いきなりの行動にリーフィアは目を丸くする。そんな彼女を胸に抱き寄せ、頭のてっぺんにキスを落としてエーヴェルトは囁いた。

「大変だったね、リーフィア。魔法にかけられて姿どころか成長まで止められて。とても辛《つら》かったに違いない」

「え……いえ……」

リーフィアはドギマギしながら答えた。まさかエーヴェルトがこんな行動に出るとは思っていなかったのだ。十八歳という本当の年齢を明かしたら、自分に対する態度は変わると思っていた。明らかに戸惑っていたブラッドリーのように。

けれど、エーヴェルトがリーフィアを見つめる目は、彼女の中身が見ている外見とはまるで違うことを知っていながら、変わることはなかった。

ブラッドリーが、エーヴェルトに慌てて声をかける。

「殿下！　その、彼女の中身は十八歳のレディですよ！　前と同じく子ども扱いじゃ失礼では」

けれど、エーヴェルトはリーフィアを抱きしめながら眉をあげて言った。

「確かに子ども扱いは失礼だろう。でもこの姿のままでもレディとして扱うことを彼女自身が望むのならともかく、いきなり態度を変えられたら彼女だって困るだろうが」

「いや、でもですね……」

「入れ物が新月の夜だけ変わろうが僕にとってはどっちもリーフィアだということは変わらないよ」

「それもどうかと思うんだが……」

エーヴェルトはブラッドリーの言葉を無視してリーフィアを見下ろすと、彼女が目を見開いて見上げているのに気付いて首をかしげた。

「どうしたの、リーフィア？」

リーフィアはハッとして首を横に振る。

「い、いえ、何でも……」

そう言いながら少しだけ自分の声が震えているのをリーフィアは自覚する。

『僕にとってはどっちもリーフィアだということは変わらないよ』

——なんで。なんで、この人はそんなことをさらっと簡単に言えてしまうのだろう。

その言葉は、魔法にかかって姿を変えられたあの辛い時期、もっとも彼女が欲していた言葉だった。

変わってしまった家族。リーフィアを見る目には常に戸惑いが浮かび、痛々しげだった。だから引きこもったのだ。家族ですらそうなのだから、他人に受け入れられるはずがないと思って。

……なのに、会ってそれほど間もないこの人は、自分をそのまま受け入れてくれるという。

エーヴェルトの姿が涙でぼやけて見えた。

「リーフィア？」

心配そうな声に、大丈夫だと答えようとしたら涙がポロッと零《こぼ》れた。

「あれ……？」

なんだろう。次から次へと涙が溢《あふ》れてきて止まらない。

「リーフィア。大丈夫」

ぎゅっと抱きしめながらエーヴェルトが慰《なぐさ》める。

「かわいそうに。八年もずっと辛い思いをしていたんだね」

「……大変だったのは、辛かったのは家族、です」

家族がリーフィアを愛してくれているのは分かっている。愛してくれているからこそ、嘆《なげ》くリーフィアをどうしたらいいのか分からなかったのだ。

「でも一番辛かったのは君自身だ。周囲が自分を追い越し、年を重ねていく中で君一人が置いていかれる。それはどんなに辛かったことか。君はその辛さの中、ずっと一人で頑張《がんば》っていた。大変だっただろう」

その言葉に心が震えた。

……辛かった？　そう、とても辛かった。

「……変わらないでいてくれたのは、フィランだけなの……」

リーフィアは涙を流しながら呟く。

フィランは赤《あか》ん坊《ぼう》だったから、リーフィアの前の姿を覚えていない。だから変わりようもなかった。でも他のみんなは変わってしまった。リーフィアに遠慮《えんりょ》するようになった。困ったような目で見るようになった。兄のリードと弟のレインは反対に過保護《かほご》になった。祖父母はいつもリーフィアをすまなそうに見つめる。そして泣く。

……皆、変わってしまったから。それが辛かった。でも一番辛かったのはあの時に一番欲しかったものが与えられなかったことだった。

欲しくてたまらなかったのは、こうして抱きしめてもらうこと。そして、どんな姿になってもリーフィアはリーフィアなのだと、家族なのだという言葉だったのに。

後になり、慣れた頃にその言葉はもらえるようになったけれど、その時にはもう遅くて、家族に対して少し距離《きょり》を置くようになっていた。心の底からその言葉を信じられなくなっていたのだ。

……なのに、本当のことを知ってすぐにこの人は欲しい言葉をくれた。リーフィアのもう一つの姿を知っても、変わらない態度を取ってくれた。

——それがどんな意味を持つのか、この人は知らない。

「リーフィア。もう大丈夫。僕らが力になるから。だから泣かなくていい」

エーヴェルトはリーフィアを守るように抱きしめて、その額《ひたい》に、涙で濡れた頬にキスを落としていく。慰めるように、慈《いつく》しむように。

……抱きしめられたぬくもりがとても温かかった。

——けれど、そこに声がかけられる。

「あのさ……二人の世界作ってるところ悪いけど、お前らのビジュアル、非常にマズイから！　これ誰かに見られたら、ものすごくマズイから！」

ブラッドリーだった。敬語もなく、彼は二人に——主にエーヴェルトに突っ込みを入れる。エーヴェルトは顔をあげて睨《にら》みつけた。

「無粋《ぶすい》だな。ブラッドリー」

「いや、お前ら本当にマズイから、今すぐやめとけ！　リーフィアが元に戻っているなら

ともかく、今のお前は小さい子ども相手にラブシーン演じている幼児性愛病者《ロリコン》にしか見えないから！」

ブラッドリーの言うとおりだった。リーフィアたちは知らなかったが、今のエーヴェルトは十歳の小さな女の子を膝の上で抱きしめてキスをしている変質者《へんしつしゃ》にしか見えなかった。けれど、泣いていたためにブラッドリーの言葉の意味に気付いていないリーフィアは、彼の言葉の中のある単語だけを耳に拾ってしまった。顔をあげて、涙を拭《ぬぐ》いながら言う。

「幼児性愛病者《ロリコン》？　幼児性愛病者は滅《ほろ》びればいいと思います」

「そうだね。幼児性愛病者《ロリコン》は滅べばいいと僕も思う」

「お前のことだろうが――――！」

わざとか天然なのか、そんな会話を交わす二人にブラッドリーは盛大《せいだい》に突っ込んだ。

――その直後のことだった。

突然ラディム＝アシェルが姿を現し、エーヴェルトとその腕の中に抱かれているリーフィアに向かって衝撃《しょうげき》の言葉を発した。

「あなたに魔法をかけた件《くだん》の魔法使いは死んだといいましたね？　ですがどうやらその魔法使いは生きているようですよ」

6章 エフィロットの後継者

――リーフィアに魔法をかけたイエルド＝エクレフが生きている……？

リーフィアは信じられなくて戸惑《とまど》う視線をラディム＝アシェルに送る。

「で、でも、祖父《そふ》が死亡《しぼう》を確認したと。旅芸人の一座の者たちに顔を確認させたということでした」

「魔法を使えば簡単に偽装《ぎそう》できます。誰か他の魔法使いが死亡確認に同行しましたか？」

思いもよらないことを尋《たず》ねられてリーフィアは首を横に振った。確認したのは祖父や、イエルド＝エクレフを追っていた祖父の手のもの。それに旅芸人の一座だ。魔法使いを雇《やと》っての確認《かくにん》が必要だとは誰も思わなかったのだ。

「ならば確認できていないのと同じです。……それと殿下《でんか》」

ラディム＝アシェルはさくっと言うと、今度はエーヴェルトに視線を向けて口を開いた。

「すみません。失態《しったい》です。この騒《さわ》ぎに乗《じょう》じて賊《ぞく》に侵入《しんにゅう》されました」

エーヴェルトは息を呑《の》んだ。

「何だって？　被害は？」

「主《おも》に研究資料です。リーフィアが捜《さが》してた図書館の本のもとになった師匠《ししょう》の研究資料。そしてそれを書くきっかけになった――エドウィナ＝エフィロットが残した研究資料です。その全てがなくなっていました。おそらくそれがもともとの目的だったのでしょう」

エドウィナ＝エフィロット。初めて聞く名前だった。けれど、エーヴェルトは知っていたらしく、リーフィアの頭上《ずじょう》で驚《おどろ》いたような声をあげる。

「エドウィナ＝エフィロットだって？　まさかその名前をここで聞くとは……！」

「その研究資料がなくなっていただって？　一大事じゃないか！」

ブラッドリーも声をあげた。その顔はとても深刻《しんこく》そうだった。

「……あ、あの、話が見えないのですが、そのエドウィナ＝エフィロットというのは？」

リーフィアは思わず口を挟《はさ》んでいた。報告の途中で中断《ちゅうだん》させるのは悪いと思ったが、リーフィアが捜していた本のもととなったという言葉が気になって仕方なかったのだ。

その質問に答えたのはエーヴェルトだった。

「あまり一般的な話ではないから、リーフィアは知らないか。六十年以上も前にいた、天才と呼ばれた女性の魔法使いだ。だが、禁《きん》を犯《おか》したため捕《つか》まって処罰《しょばつ》された」

「禁を犯した？」

「ああ。禁止されていた術を使ったんだそうだ。いわゆる禁呪《きんじゅ》というやつだな。それで仲間の魔法使いたちによって誅殺《ちゅうさつ》されたらしい」

「禁呪……誅殺……」

その単語の不穏《ふおん》さに、リーフィアは不吉なものを感じてぶるっと身を震《ふる》わせた。それに気付いたエーヴェルトの腕《うで》がきゅっと強く抱き寄せる。

ラディム＝アシェルが口を挟んだ。

「命の理《ことわり》を崩《くず》してしまう術です。エドウィナ＝エフィロットは古代魔法の研究をしていて偶然《ぐうぜん》その封印《ふういん》され埋《う》もれていた危険な術《じゅつ》を知ってしまい、それを用いて禁を犯した。だから魔法使いのルールによって同僚《どうりょう》たちが彼女を始末《しまつ》した。そういうことです」

そう言ったラディム＝アシェルの表情は前髪に隠れて見えなかったが、その淡々《たんたん》とした口調《くちょう》がかえって怖《こわ》かった。

「そして僕の師匠はエドウィナ＝エフィロットを追い詰《つ》めた討伐隊《とうばつたい》の一員でした。ただ、抹消《まっしょう》命令が出されていた禁呪に関する資料は研究室にも隠れ家《かくれが》にも見当たらなかったそうです。あったのは今は廃《すた》れてしまった古い魔法に関する研究資料だけ。師匠はそれを持ち帰り、研究を受け継《うつ》いだのです。今は僕が受け継いでいるけれど」

「その研究の大元の資料が盗《ぬす》まれてしまった……っていうことですか？」

「そう。大罪人《だいざいにん》の資料だから厳重《げんじゅう》に保管されていたのですが。どうやら賊はあの資料を盗み出す機会を窺《うかが》って何度も侵入していたようです。すみません。気付かず持ち去られたのは僕の失態です」

「いや。君だけのせいじゃない」

エーヴェルトは首を横に振った。

「君が塔《とう》から離れる機会を賊が窺っていたのなら、君をこの捕物《とりもの》に巻き込んだ僕にも責任がある」

「なぁ、その資料だけど、盗む価値があるほど重要なものなのか？」

ブラッドリーが首をかしげながら問いかけた。

「もちろん、エドウィナ＝エフィロットの残したものが盗まれるというのが大問題なのは分かるけど、実際、お前たち現代の魔法使いにとっても価値があるものなのか？」

「それは……」

ラディム＝アシェルは少し考えるようなそぶりをした後、肩を竦《すく》めた。

「正直、たいした価値はない……と思う。師匠の研究結果は魔法使いの間では広く知られているから。価値があるとしたら、エドウィナ＝エフィロットの遺品《いひん》であるという点だけだと思う。だからこそ、師匠の資料まで持っていった意味が分からない……が、彼女が絡《から》むなら話は別だ」

そう言ってラディム＝アシェルが指差したのは、エーヴェルトの膝《ひざ》の上に乗っているリーフィアだった。

「え？　私？」

「リーフィアが？」

「そう。そこで君に術をかけた魔法使いが生きているという話に戻るんだ。これは僕の推《すい》測《そく》に過《す》ぎないけど、たぶん、魔法使いの塔に侵入してエドウィナ＝エフィロットの資料を盗んでいったのは、君に術をかけた魔法使いだと思う」

「なんだって……!?」

「あの魔法使いが!?」

リーフィアは呆然《ぼうぜん》となった。

——幼児性愛病者《ロリコン》魔法使いが、ここに、いる？

エーヴェルトは驚きつつも、ラディム＝アシェルを見上げて尋《たず》ねる。

「どうしてそう思うんだい？」

それには答えずに、ラディム＝アシェルはローテーブルに置かれた花瓶《かびん》を手に取った。

「その前になぜ魔法使いが生きていると分かるのか。それを説明するね」

言うなり彼は手にした花瓶を床《ゆか》に叩《たた》き付けた。バリーンとすさまじい音を立てて、花瓶が割れ、破片《はへん》と活《い》けてあった花と、そして水が床に散っていく。

リーフィアはポカンと口を開けた。

「おい！　突然何をやってるんだ！」

ブラッドリーが怒鳴《どな》る。それを無視してラディム＝アシェルは破片の散らばった足元へ手をかざした。するとどうだろう。破片が宙《ちゅう》に浮かび、瞬《また》く間に一箇所《いっかしょ》に集まると、次の瞬間《しゅんかん》には割れる前の花瓶がそこに出現していた。

彼はその花瓶をテーブルの中央に置くと言った。

「これが今、僕が魔法で修復《しゅうふく》した花瓶だ。ではこの花瓶から術と魔力《まりょく》を取ったらどうなるか。よく見てて」

ラディム＝アシェルは手をパチンと鳴らす。そのとたん花瓶は割れた状態の破片に戻り、バラバラと音を立ててテーブルの上に散らばった。

シーンと部屋が静まり返る。リーフィアの目も、エーヴェルトの視線も、ブラッドリーの瞳《ひとみ》も、全てがテーブルの上でついさっきまで花瓶だったものの破片に向いていた。

「ご覧のとおり、僕が魔法とそこに込めた魔力を回収しただけで花瓶は壊《こわ》れた状態に戻ってしまう。分かる？　魔法は一度かけたら永遠に続くわけじゃない。その状態を継続《けいぞく》するための術と魔力が必ず必要だ。魔力がなくなれば術は効力《こうりょく》を失《うしな》ってしまう」

エーヴェルトがすぅーと目を細めた。

「……つまり、リーフィアに術をかけた魔法使いが本当に死んでいるならば、そのうち術を維持《いじ》する魔力がなくなり、リーフィアは元の姿に戻れていたはず、というわけだな。でもリーフィアが元に戻っていないということは、魔法使いは死んでいない」

「そのとおり。月から魔力を取り込むことで、術を維持する魔力を補《おぎな》っているとはいえ、その魔法を彼女の身体《からだ》に刻《きざ》み付《つ》けているのは術者の魔力だから、それがなくなれば自然に元に戻れていたはずなんだ」

「月から魔力を取り込む……？」

リーフィアがハッとする。それはまさしくリーフィアが求めていた月魔法の情報ではないのだろうか？

ラディム＝アシェルが頷《うなず》いた。

「そう。天上に浮かぶ太陽《ソル》や月《ルナ》から降り注《そそ》ぐ光にも実は魔力が含《ふく》まれていて、月魔法はその月の魔力を利用する術のことを言う。少ない魔力でも月の魔力を取り込むことによって術を保持できる。ただ、発動させるのも制御《せいぎょ》するのも難《むずか》しいことから現在ではすっかり廃《すた》れているけれど」

この八年間知りたかったことが彼の口からポロポロと出てくる。リーフィアは身を乗り出して一番聞きたかったことを尋ねた。

「あの、これを解呪《かいじゅ》する方法はあるんですか⁉」

「残念ながら僕は月魔法の理論《りろん》は知っているけど、術そのものは知らないから解呪はできない」

あっさり言われてリーフィアはシュンとなった。

「そう、ですか……」

「……けれど、その魔法を無効《むこう》にできる方法なら知っている。さっき言ったとおり月魔法は月の魔力を取り込んで術を維持する魔法だ。だからそれを絶《た》ってしまえば、術は術者の魔力を消費するしかなくなる。そして魔力がなくなってしまえば術を維持できない」

ラディム＝アシェルはテーブルの上にバラバラになった花瓶に目を向けた。

「術が維持できなければ対象は元の姿に戻る。この花瓶のように」

「じゃあ、私も……？」

リーフィアの声が震えた。それも当然だ。八年経《た》ってやっと見えた希望なのだから。

「うん、戻れる。たぶん一ヵ月くらいで」

その言葉を聞いたとたん、リーフィアの目に涙が溢《あふ》れた。

「あり、がとう、ございます」

——戻れる。元の姿に戻れるんだ……！

そう思うと涙が止まらなかった。

「よかったね、リーフィア」

エーヴェルトがリーフィアの頭をよしよしと撫《な》でる。リーフィアは頷きながらそれを受け入れた。今だったらエーヴェルトが実は幼児性愛病者《ロリコン》だと告白しても容認《ようにん》できるかもしれない。

ところが――

「喜ぶのはまだ早い」

ラディム＝アシェルが淡々《たんたん》と言った。ブラッドリーも同意する。

「そうだ。魔法使いの塔に侵入してエドウィナ＝エフィロットの研究資料を盗んだ奴《やつ》のことを忘れたのか」

リーフィアとエーヴェルトはハッとなった。

ラディム＝アシェルによれば、研究資料を盗んだ犯人はリーフィアに魔法をかけたあのイェルド＝エクレフかもしれないという。

「なぜ、そう思う？」

「根拠《こんきょ》は二つある。エドウィナ＝エフィロットの遺品が目当てなら師匠の研究資料まで盗《と》っていく必要はないということ。だから盗んだ理由は研究内容そのものにあると見ていい。一方、図書館に寄贈《きぞう》したはずの本がなくなっていた。あれは僕が師匠の研究資料を分かりやすくまとめて本にしたが、専門的なものではない。なのに、今回の先触れのように消失せている。まるで書いてある内容をある人物の目に触れさせないようにしているみたいに」

ラディム＝アシェルの言葉がリーフィアに向けられる。

「君に月魔法について知られてほしくない人物は誰？」

リーフィアは口を引き結んだ。そう、そんな人物は一人しかいない。

「あの魔法使い」

「そう。それが一つ目。二つ目の根拠はリーフィアにかけられた魔法そのもの。月魔法は古い魔法体系の一つで今はその術もほとんど現存《げんぞん》していない。僕も今回のような術は初めて見た。そして塔に侵入した賊も、見たことがない術を使って結界に穴をあけて侵入していた。そんなふうに古代魔法を自在に操《あやつ》ることのできる魔法使いが一体何人いると思う？」

「分かった。そんな魔法使いが偶然我々の身近に……いや、リーフィアの身近に二人も現れるわけがない。同一人物である可能性が極《きわ》めて高いということだね」

「そのとおり。そしてその賊はまだ城内に隠れ潜《ひそ》んでいるだろう。……ここにはその子がいるから」

——あの幼児性愛病者《ロリコン》魔法使いが、生きていて、そしてこの城の中にいる。

リーフィアはぞっと身を震わせた。その彼女をぎゅっと抱きしめながらエーヴェルトがラディム＝アシェルに尋ねる。

「正体を暴《あば》いて捕まえられないかな？　そいつからリーフィアを解放したい」

ラディム＝アシェルはしばし何かを考えた後、エーヴェルトに提案《ていあん》した。

「その子を魔法使いの塔で預《あず》からせてもらえないかな？　約一ヵ月ほど」

「理由は？」

「あそこなら月の魔力を完全に遮断《しゃだん》することができるから、ひと月ほどすれば術の効力が消えて元に戻ることができるだろう。そしてそれを妨害《ぼうがい》するために、必ず何か動きを見せるはずだ――その魔法使いが」

「だよなぁ。リーフィアにかけた魔法を解《と》かれないようにするために資料を盗むくらいだものな」

ブラッドリーもうんうんと頷く。

エーヴェルトはリーフィアを見下ろして訊ねた。

「リーフィア。どうする？」

もちろん、リーフィアの答えは一つしかない。元の姿になるためにここまで来たのだ。

「やります。やらせてください」

その場で方針《ほうしん》が話し合われ、ひとまずリーフィアは一ヵ月の休暇《きゅうか》をもらうこととなった。周囲には実家に帰省《きせい》したように見せかけて、密《ひそ》かに魔法使いの塔に入ってそこで過ごす。

その間にエーヴェルトたちはもう一度「イエルド＝エクレフ」について調査することにした。前に一度リーフィアの祖父である侯爵《こうしゃく》が調べているが、王室の情報力を使えば新たに正体に繋《つな》がるものが出てくるかもしれないからだ。

「実際にイエルド＝エクレフを目撃《もくげき》しているという侯爵やリーフィアのご両親の協力も必要だな。一ヵ月間リーフィアが帰省していると見せかける必要もあるし」

「あ、私、両親に手紙を書きます。祖父はたまに様子を見に来るので直接伝えます」

「その時には僕もご一緒《いっしょ》しよう」

エーヴェルトはそう言ってにっこりと笑い、手紙を書くというリーフィアを膝から下ろした。

「王室の紋章《もんしょう》の透《す》かしが入っている封筒と便箋《びんせん》を使うといい。信憑性《しんぴょうせい》が増すだろう」

「ありがとうございます」

机とペンを借りてリーフィアが手紙を書いている間、ラディム＝アシェルはエーヴェルトを部屋の隅《すみ》に連れて行って言った。

「殿下。この八年にウェインティン伯爵家で彼女と接触《せっしょく》があった者たちの身元の洗い出しもしてください。奴は何度か彼女と接触しているはずです。もしかして、ごくごく身近にいたのかもしれない」

「何だって!?」

エーヴェルトは目を見開いた。

「かけられた術が何度か上書きされています。月の魔力で補完《ほかん》しているとはいえ、容貌《ようぼう》を変え成長を止める二つの術を維持するためにはある程度の頻度《ひんど》で魔力を補充する必要がある。けれど、彼女の説明だと、あまり外部との接触はないようだ」

「要するに、それができるほどリーフィアの近くに奴は食い込んでいたってことだね」

そう言ってエーヴェルトは顔を顰《しか》めた。

「これはリーフィアに言わない方がいいね。卒倒《そっとう》するかもしれない」

ラディム＝アシェルはそれに対して答えなかった。あまり興味がないのだろう。

「まぁ、結果次第だね」

そうひとりごちるエーヴェルトに、ラディム＝アシェルはこてんと首をかしげる。

「……もしかしてあの子、王太子妃《おうたいしひ》？」

どうやらリーフィアが王太子妃になる可能性があるのか聞いているらしい。

エーヴェルトはにっこり笑って答えた。

「それはおいおい、ね」


リーフィアはシスティーナに願い出て一ヵ月の休みをもらった。エーヴェルトの口ぞえもあってかそれはすんなり決まった。どうやら里心が出てきたのだと思われたようだ。

「フィランはしっかりしているけど、まだ十歳だものね。いいわよ、休みを取って存分《ぞんぶん》に

「ご両親に甘《あま》えてきなさいな」

　システィーナはそう言って一ヵ月という異例《いれい》の長期休暇を許可してくれた。騙《だま》しているも同然のリーフィアは罪悪感《ざいあくかん》を覚えた。

　しかも、その休み明けにはもう「フィラン」は戻らないかもしれないのだ。順調にいけばリーフィアは十八歳の姿を取り戻しているだろう。

　申し訳なさに落ち込むリーフィアをエーヴェルトは慰《なぐさ》めた。

「その時にまた考えればいい。でもね、ちゃんと説明すればあの子は理解してくれるよ」

「そうだといいのですが……」

「僕の妹を見くびらないでほしいな。『フィラン』を受け入れたように、あの子はきっと『リーフィア』を受け入れてくれるだろう」

　それを信じたい、とリーフィアは強く思った。

　リーフィアはシスティーナや、リリアンをはじめ同僚だった侍女《じじょ》たちに丁寧《ていねい》に挨拶《あいさつ》をして、実家から迎《むか》えに来た馬車に乗って城を出た。

　馬車は止まることなくウェインティン伯爵家《はくしゃくけ》へまっすぐ向かっていく。ところがその閉《と》ざされた馬車の客車には誰も乗っていなかった。乗ったのはラディム＝アシェルが作り出した幻影《げんえい》だ。本物のリーフィアはシスティーナたちに挨拶をした直後に魔法使いたちによって姿を隠匿《いんとく》されて魔法使いたちの住む塔へと向かっていた。

――「塔」と便宜上城《べんぎじょう》の人間は呼んでいるが、実際は塔ではなくて城にある他の宿舎《しゅくしゃ》と変わらなかった。唯一違《ゆいいつ》うのは城内にありながら、その建物だけぐるりと高い壁《かべ》に囲まれていて、他と遮断されていることだろう。

唯一の出入り口は正面にある格子《こうし》の門だ。けれどそこに門番の姿はない。リーフィアを迎えに来てくれた魔法使い見習いのルドルフによれば、門番は必要ないのだという。

「ここは魔法使いたちが住んでいるところっス。魔法による見えない結界で許可のない人間は出入りできないんっス」

この特徴《とくちょう》のあるしゃべり方をするルドルフは、何とあのラディム＝アシェルの弟子《でし》だという。弟子だが彼より三歳年上で、しかも魔法使いのイメージにあるまじきマッチョだった。どう見ても魔法を使うより腕力《わんりょく》を使う方が早そうだ。

そして実際彼の本領《ほんりょう》は、引きこもりでまったく姿を見せない師匠であるラディム＝アシェルを部屋から引っ張り出したり、食事をさせたり、無理やり休憩《きゅうけい》を取らせる時に主に発揮《はっき》されている。

朝、リーフィアが食堂に行くと、いつも荷物のように彼がラディム＝アシェルを運んでくるか、引きずってくる光景に出くわす。

「師匠、メシっスよ！」

「……いらない」

「ダメッス。食うッス。まだ小さいリーフィアの前でそのていたらくじゃ、示しがつかないッス」

「……小さくない」

「でも今は小さいッス」

「……」

最終的にいつも圧《お》し負《ま》けて、ラディム＝アシェルは朝食を食べることになるのだ。

——このラディム＝アシェルも魔法使いの長《おさ》とは思えないような変人ぶりだ。

エーヴェルトの部屋であれだけ流暢《りゅうちょう》に語っていた人物は一体どこにいってしまったのだろうか。いつも研究室に籠《こ》もっていて、たとえ出てきたとしても全然しゃべらない。

どうやら流暢になるのは、魔法に関することをしゃべっている時だけらしい。普段《ふだん》口にするのは断片的《だんぺんてき》な単語だけで、何を言っているのか理解できない時があった。

天才と呼ばれ、最年少で長の座に就《つ》いた伝説の魔法使い「ラディム＝アシェル」の真実の姿にはただただ脱力《だつりょく》するばかりだった。

こんな具合だから、真《しん》の姿をよく知っている魔法使いの女性たちの評判はあまりよろしくない。

『長は……まぁ、観賞用《かんしょうよう》ね』

見たことはないが、ラディム＝アシェルは前髪をあげて顔を出せばエーヴェルトに匹敵《ひってき》するほどの美形なのだそうだ。だが人間、顔だけなら三日で飽《あ》きてしまう。「いくら美形でもあれはないわー」というのが彼女たちの共通した意見だった。

どうやらマメに世話をしてくれるルドルフがいなければ、まともな日常生活を送れないレベルらしい。不精《ぶしょう》すぎて部屋にキノコが生《は》えたことがあると聞いてめまいすら起きたリーフィアだった。

リーフィアはルドルフの存在に感謝した。なぜなら今の彼女の仕事はラディム＝アシェルの研究資料の整理をすることだったからだ。何もすることがなく暇《ひま》を持て余《あま》していた彼女にラディム＝アシェルが与えてくれた仕事だった。

あとから考えるとラディム＝アシェルにしては破格《はかく》の配慮《はいりょ》だったとリーフィアは思う。他人に興味がない彼が人を気遣《きづか》うことは稀《まれ》だ。その上、研究資料の整理となれば自分の傍をうろちょろさせることになるのを承知《しょうち》で勧《すす》めたのだから。

「やっぱりこれはあれっスかねぇ。リーフィアにかけられた術に興味があるからとしか思えないっス」

「だと思う」

ルドルフとリーフィアは頷き合った。

ラディム＝アシェルは魔法の研究のことしか考えていない。彼自身は引きこもりだし長として留守《るす》にできないため、他の魔法使いがフィールドワークで持ち帰った資料や術の断片を解析《かいせき》したり研究するのが主な仕事だ。が、不発に終わることも多く、最近では彼を満足させる古代魔法はめったに出なくなっていた。

そこに飛び込んできたのが、例の侵入者と月魔法にかけられたリーフィアだ。彼は狂喜《きょうき》しながら術の断片を解析しては、過去の資料とつき合わせたりしている。

リーフィアは仕事をしながら時々ラディム＝アシェルに見られているのを知っていた。もちろん邪《よこしま》なものではないが、ある意味とても性質《たち》の悪い視線だった。

「ああ、すばらしい術だ、発動が難しい呪文《じゅもん》なのに重ねがけが絶妙《ぜつみょう》だ……なくしちゃうのは惜《お》しいかもなぁ……」

その隠された前髪の奥できっとうっとりと眺《なが》めているに違いない——リーフィア本人ではなく彼女にかけられた魔法を。

それは百歩譲《ゆず》るとしても、問題は呟《つぶや》いている中身だった。解析が間に合わなかったら、この人はそれを理由にリーフィアが元の姿を取り戻すのを長引かせかねない。危険だ。ものすごく危険だ。

「解析が終わっていることを祈《いの》るしかないっスね……」

「そう願うわ……」

——魔法使いの塔に来てから早、半月。ラディム＝アシェル本人に不安材料はあるものの、リーフィアの塔生活は概《おおむ》ね順調だった。

「リーフィア。師匠に朝飯《あさめし》食べさせるのにちょっと時間かかるから、しばらく自由に遊んでていいっスよ」

ラディム＝アシェルに無理やり食事させながらルドルフは言う。とっくに食事を終えてそれを生暖《なまあたた》かい目で見守っていたリーフィアは頷いた。

「あ、じゃあ、前庭に出てもいいかしら。一昨日《おととい》見た時は蕾《つぼみ》だった花がもう咲いていると思うの」

「いいっスよ～。あ、でも頭巾《ずきん》は必ず被《かぶ》ってくださいっス」

「もちろん大丈夫。こうしていつも持ち歩いているから」

そう言ってリーフィアは立ち上がると、椅子《いす》の背もたれにかけていた赤い頭巾を手に取って、すっぽりと頭から被った。

これは女性の魔法使いたちが魔法を織《お》り込《こ》んで作ってくれた、月の魔力を遮断する頭巾だった。

魔法の塔とその敷地《しきち》には、リーフィアのため月の魔法を遮断する魔法がかけられている。そのおかげで、昼でも夜でも塔の敷地にいる限り月の魔力がリーフィアに届くことはない。

『一番の問題は、夜ではなくて昼間です』

ラディム＝アシェルが言うには、月の魔力を遮断するための一番の大敵《たいてき》は夜ではなくて昼間なのだという。なぜなら昼間は太陽《ソル》の力が強すぎて目には見えないが、月《ルナ》はいつでも天にあって地上に微量《びりょう》の魔力を届けているからだ。

月が太陽の陰《かげ》に隠れてしまい、地上に光が届かない新月が唯一月の魔力が届かない時なのだという。言《い》い換《か》えればそれ以外の時は常に地上には月の魔力が降り注いでいるのだ。

そのためリーフィアはいつも頭巾を持ち歩き、敷地内であっても建物の外に出る時は必ず被るようにしている。リーフィアに魔法をかけたイェルド＝エクレフがいつ狙《ねら》ってくるか分からない以上、一瞬たりとも油断《ゆだん》はできないのだ。

「それじゃ行ってきます」

「行ってらっしゃいっス」

リーフィアはルドルフに断りを入れると、食堂から出て前庭に向かった。

前庭は建物と正面入り口の間にある空間で、城の前庭と同じように花壇《かだん》で埋《う》め尽《つ》くされている。けれど城のものとは違い、植えられているものは観賞用ではなくて薬の原料となる植物ばかりだった。とはいうものの、植物には違いなく、中には綺麗《きれい》な花をつけるものもあり、リーフィアは散策《さんさく》するのを楽しみにしていた。

ところが、結局今日はその花壇にたどり着くことはできなかった。なぜなら、建物から出たとたん、入り口の門からエーヴェルトとブラッドリーが入ってくるのを見たからだ。

「リーフィア！」

リーフィアの姿を見つけてエーヴェルトが嬉《うれ》しそうに呼びかける。

「殿下！　ブラッドリーさん！」

小走りで彼らに駆《か》け寄《よ》ったリーフィアを、エーヴェルトがさっそく抱き上げた。

――うっ、想定内、想定内。

慣れていたはずなのに、半月ぶりの抱っこにリーフィアは動揺《どうよう》を隠せない。塔に来てからは子どものふりはやめて素《す》の十八歳として振る舞っていたからだろうか。

「あー、久しぶりのリーフィアだ。可愛《かわい》いなぁ、もうっ」

「みぎゃぁ！」

リーフィアの口から変な叫《さけ》び声《ごえ》があがった。エーヴェルトがリーフィアの頭のてっぺんに頬《ほお》を寄せてぐりぐりと擦《こす》りつけたからだ。

「リーフィア成分が足りないんだ。補充《ほじゅう》させてほしい」

――何が補充だ！　いや、やっぱりこの人、変だ！

思わずリーフィアは助けを求める視線をブラッドリーに送った。ブラッドリーは生暖かい視線を主《あるじ》に向けて見守っていたが、彼女と目が合うとすまなそうな顔をして手を合わせ、拝《おが》むような動作をした。

……我慢《がまん》してほしいということか。でも、まぁ、彼にはお世話になっているし……。

そう考えたリーフィアは魂《たましい》の抜けたような顔をしてエーヴェルトのやることを黙《だま》って

受け入れた。元に戻るまでの辛抱《しんぼう》だと言い聞かせながら。

結局エーヴェルトがリーフィアから手を離したのは、彼らの来訪《らいほう》に気付いたラディム＝アシェルが転移《てんい》の魔法を使って現れてからだった。

「……ようこそ、殿下」

「やぁ、ラディム」

エーヴェルトはリーフィアを構《かま》っていた時とはうって変わり、落ち着いた物腰と柔和《にゅうわ》な笑みを浮かべて告《つ》げた。

「調査の報告に来たよ」

「……聞きましょう」

言いながらラディム＝アシェルの視線がリーフィアに向けられた。「どうする？」とでも問いかけているような視線だった。

「リーフィアももちろん一緒に。……ブラッドリーとも話し合ったんだが、彼女にもこの際真実を知らせた方がいいという結論に達《たっ》した」

エーヴェルトはきょとんとするリーフィアに思いのほか真剣《しんけん》な眼差《まなざ》しを向けて答えた。それを受けて、ラディム＝アシェルが頷く。

「思っていた以上に深刻な結果のようですね。……僕の部屋で話を聞きましょう。リーフィア。君も来てください」

それはリーフィアが塔に来てから初めて聞く、魔法使いの長らしいラディム＝アシェルの言葉だった。

ラディム＝アシェルの部屋に入り、ソファに腰を下ろしたエーヴェルトはいきなり核心《かくしん》に入った。

「まずは調査結果から言おうか。リーフィアに魔法をかけた【イェルド＝エクレフ】という人間は存在しない」

そう告げる表情はとても厳しかった。

リーフィアは戸惑いの声をあげる。

「存在しない？　で、でも、確かに……」

「おそらく殿下はその名前は偽名《ぎめい》で、実在しない名前だと言いたいのでしょう」

ラディム＝アシェルがそう言うと、エーヴェルトは頷いた。

「そう。どこにも存在していた形跡《けいせき》がなかった。出身地も分からない。旅芸人の一座に入るまで何をしていたのかも分からない。まるで突然空から降ってきたような有様《ありさま》だ。だが、名前を偽《いつわ》っていたのなら、それも当然。それと、手がかりが残っているかと調査員たちに墓《はか》を掘《ほ》り返させたところ、何もなかったそうだ。旅芸人たちがあるはずと言った遺体《いたい》も」

リーフィアは息を吞む。ラディム＝アシェルが前に言っていたように、その死は全て偽装だったのだ。

「……名前は偽名だと思ってました。そもそも【エクレフ】の名前には聞き覚えがない」

ラディム＝アシェルが口を挟んだ後、補足《ほそく》するように言った。

「僕ら魔法使いは名字《みょうじ》を持たない。弟子入りした時に姓《せい》を捨て、師匠の姓を名乗る。僕の師匠も、そのまた師匠も【アシェル】を名乗っていました。魔法使いの姓はただの名字ではなく、自分が属する魔法体系を示す大事な名前です。破門《はもん》されない限りその姓を名乗り続ける。だから実はそれほど姓の種類はないんです。それなのに聞いたことがない姓だったし、過去の魔法使いたちの資料を掘り起こしても【エクレフ】の名はどこにも出てこなかった」

「存在しないんだから出てくるわけねぇよな」

ブラッドリーは眉《まゆ》をあげて言った後、急に真剣な眼差しでリーフィアを見た。

「実は今日はもう一つ報告することがあるんだ」

「いや、僕が言おう、ブラッドリー」

エーヴェルトは手を挙《あ》げて彼を制した後、彼にしては珍《めずら》しく弱々しい笑みを見せた。

「君には知らせずにすませたかったけど、あまりに深く関わっているから知らない方がかえって危険だと判断した。リーフィア、心して聞いてほしい。ウェインティン伯爵家が君のために雇っていた家庭教師は全て【イェルド＝エクレフ】だ。奴は姿を変えて君の傍《そば》にずっといたんだよ」

「――え？」

それはリーフィアに今までで一番衝撃《しょうげき》を与えた言葉だった。

「……うそ、です」

リーフィアの脳裏《のうり》に今まで習ってきた家庭教師の顔が浮かんでは消える。最後に半年前に別れたイーヴ先生の姿が浮かび上がった。

ショックを受けているリーフィアに、エーヴェルトは心配そうな視線を向けながらも尋ねた。

「リーフィア。君は数年置きに家庭教師を代えているね？　それは成長しないことを隠すためかい？」

「……は、い。そう、です……」

リーフィアはかろうじて頷いた。

「いつまでも十歳の姿でいることを、不審《ふしん》がられないために……」

いずれの家庭教師も知り合いの紹介《しょうかい》を経て、期間限定であることを説明した上で雇っていた。期間が終わった時には両親に頼んで立派《りっぱ》な紹介状を渡して見送った。イーヴ先生もそうして家にやってきた。

その彼らが……あるいは彼女らが——あの幼児性愛病者《ロリコン》魔法使いだった？

それはにわかには信じられない話だった。

「悪いが君の周囲にいる人間のことを調べさせてもらった。君にかけた魔法を切らさないようにするため【イェルド＝エクレフ】が姿を変えて接触していると思ったから。そして君の歴代《れきだい》の家庭教師はウェインティン伯爵家に雇われる前に死亡しているか、もしくは君を教えているはずの期間別の貴族に雇われていたかのどちらかだった」

「そ、それはどういう……」

リーフィアは混乱してエーヴェルトの言っていることがなかなか理解できなかった。こんなことは初めてだった。

それを見かねたのかブラッドリーが説明をしてくれる。

「つまり、本物の家庭教師は誰一人ウェインティン伯爵家で働いてはいないってことだ。代わりに死んだ奴か、もしくは生きていても別の場所で働いてた人物を騙《かた》った奴がリーフィアの家庭教師に収まってたんだよ」

「……イ、イーヴ先生も？」

リーフィアの口からは震えた声しか出てこなかった。

「ああ。イーヴ・スタロウ氏はリーフィアの家庭教師になる半年近く前に旅先のある町で不慮《ふりよ》の事故に遭《あ》って亡《な》くなっている」

「じゃ、じゃあ、私が知っているイーヴ先生は……」

「死んだイーヴ氏に成《な》りすました【イェルド＝エクレフ】だ。その偽《にせ》のイーヴ氏がウェインティン伯爵家を出た後の足取りは不明だ。新しい雇い主として紹介された男爵家《だんしやくけ》も調べたけど、そこで働いた事実はなかった」

「そんな……」

「リーフィア」

　エーヴェルトがソファから立ち上がり、リーフィアの前に膝をつく。それから彼女と目線を合わせて言った。

「できるなら君には知らせたくなかった。でも聞いて分かっただろう？　奴は君が考えている以上に君に執着《しゆうちやく》している。いつどんな手を使って君に接触してくるか分からない。心してかからないと危険なんだ」

　そう告げるエーヴェルトの顔にはいつもの柔和な笑みはなかった。

「相手は魔法を使うことを決して忘れてはだめだ。たとえ相手が顔見知りでも、信頼できる人物だと思っても、言動を不審に感じたら絶対に近づいてはいけない。いいね？」

「分かりました。注意します」

　その射るような真剣な眼差しに、リーフィアも口をきゅっと引き結んで頷いた。

――正直に言ってエーヴェルトたちの話は彼女にとってかなり衝撃的なことだった。

何年もの間、ずっとすぐ近くにあの幼児性愛病者《ロリコン》魔法使いがいた。習っていた先生たちが、あのイーヴ先生ですら、本物じゃなかったなんて。

まさかという思いが拭《ぬぐ》えない一方で、それほど身近にいたことに吐《は》き気《け》がするほどの嫌《けん》悪感《おかん》を覚えた。歴代の家庭教師の顔を思い浮かべては叫びたくなる。

何とか頭の中で折り合いをつけられたのは、絶対に元の姿を取り戻すという執念《しゅうねん》があったからだ。

過ぎたことはもうどうしようもない。これからのことだけを考えよう。そう思った。


エーヴェルトたちの調査で、【イェルド＝エクレフ】が生きていることは確実になった。そして、それほどリーフィアを子どもの姿に留《とど》めることに執着しているならば、妨害《ぼうがい》しにくるのは必至《ひっし》だ。

城の魔法使いたちにより結界の補強《ほきょう》も行われ、水も漏《も》らさぬ警備体制《けいびたいせい》がしかれた。

「バッチ来いっス」

そうルドルフが豪語《ごうご》するほど、迎《むか》え討《う》つ準備は整っていた。リーフィアも覚悟《かくご》をしていた。

……ところが、意に反して【イェルド＝エクレフ】が現れる気配はまったくなかった。

じりじりと時は過ぎ、気付くと魔法使いの塔にリーフィアが入ってひと月近くが経っていた。

「最後まで油断してはだめだよ」

新月の夜を明日に控えたその日、塔を訪《おとず》れたエーヴェルトはそう言って注意を促《うなが》した。

彼自身は絶対に【イェルド＝エクレフ】がリーフィアの前に姿を現すと確信《かくしん》しているようだった。

「でももしかしたらあいつが来るより先に、私は元の姿に戻れるかもしれません」

数日前から、リーフィアは時々身体がざわつくのを感じていた。それは新月の夜に変化する時の感覚とよく似ていた。

誰に指摘《してき》されなくても、かけられた術がその効力を失いつつあるのが感覚で分かる。あと数日のうちに新月に関係なくこの身は変化するだろう。そしてそれ以降身体が変わることはないに違いない。

油断しているわけではなかったが、リーフィアは身体に起こる予兆《よちょう》に浮かれていた。

「でも少し寂《さび》しいな。大人《おとな》に戻ったらこんなことはもうできなくなるわけだし」

エーヴェルトはそう言ってリーフィアをひょいっと抱き上げると、自分の膝の上に下ろした。

「そりゃあ、大人になれば……その通りですね」

大人しく受け入れながらリーフィアも思いがけず寂しさを覚え始めていた。でもそれは、抱っこされなくなるのが寂しいわけではなくて、もうこんなふうに気軽にエーヴェルトたちとやり取りもできなくなるだろうと考えてのことだった。

構ってもらえたのもリーフィアが子どもの姿だったからだ。大人の姿になればもうその辺の女性となんら変わらなくなる。エーヴェルトの興味も失《う》せるだろう。

そう思っていたら、リーフィアの頭に顎《あご》を乗せてエーヴェルトがぶつぶつ呟くのが聞こえた。

「そうだよね。さすがに十八歳のレディを膝に抱き上げてこんなふうにスリスリしたりできないよね。あ、いや、そうでもないか？　単にイチャついているだけに見えないか？」

――あれ？　また変なことを言い出したぞ、この人は。

十歳児に構う主にすっかり閉口《へいこう》していたブラッドリーが、その言葉を聞いていきなり顔を輝《かがや》かせた。

「なかなか結婚相手どころか恋人も作らなかった殿下の口からそんな言葉が出るとは……！　問題ありませんよ、殿下。十八歳の姿なら単なる男女の抱擁《ほうよう》です」

嬉しそうに言った後、ブラッドリーはエーヴェルトにピッと親指を立てた。

「むしろそっちが正しい成人男女の在《あ》り方《かた》です」

――あれ？　こっちも何だかおかしなことを言い始めた？

「じゃあ、問題ないか」

「問題ないです」

「いや、問題あるでしょう⁉」

リーフィアが思わず突っ込んだその時、扉《とびら》を壊さんばかりのノックと共にルドルフの声が響いた。

「殿下、大変っス！　今報《しら》せが届いたっス！　システィーナ殿下がついさっき、いきなり倒れられて意識不明だと！　今すぐ居館《きょかん》に戻ってくださいっス‼」

「何だと……⁉」

「……え？」

――システィーナ様が……⁉

リーフィアの脳裏に、朗《ほが》らかに笑うシスティーナの面影《おもかげ》が浮かんで消えた。


システィーナが倒れたのは前触れもなくいきなりだったという。公務《こうむ》を終えて、部屋に戻ろうと椅子から立ち上がった瞬間に「あっ」と言って意識を失い、倒れ込んだ。そしてそのまままったく意識が戻らないという。

「システィーナ様は大丈夫かしら？」

っていた。

その日の夜、ラディム＝アシェルの部屋でリーフィアは落ち着かない様子でうろつき回

システィーナは依然《いぜん》として意識不明で、医者が調べても原因が分からないらしい。

「殿下たちが動いて原因を究明しようとしているらしいけど、どうも思わしくないらしいっス。城中大騒ぎっス」

それはそうだろう。ここの王族はみんなそうだが優しくて聡明《そうめい》で、特にシスティーナは朗らかな性格でみんなに愛されていた。そのシスティーナが意識不明で目が覚めないとくれば、大騒ぎにならないはずがない。

妹を可愛がっているエーヴェルトも気が気じゃないだろう。

リーフィアは昼間慌《あわ》てて居館に戻っていったエーヴェルトとブラッドリーを思い出して胸を痛めた。

「原因不明となると……うちに来るかもしれないっスね。要請《ようせい》が」

ルドルフの言葉にリーフィアは足を止めて彼を見た。

「医者が匙《さじ》を投げたというならあとは魔法に頼るしかないっス」

「そ、そうですよね。魔法使いが見れば何が原因なのか分かるかも……」

分業になった今は違うが、昔は魔法使いが医者の役割も兼《か》ねていたという。

「……それが、目的か……？」

不意《ふい》に今まで無言だったラディム＝アシェルが呟いた。リーフィアとルドルフはハッとして顔を見合わせる。

「まさか、【イェルド＝エクレフ】が？」

原因不明だと聞いてリーフィアもそれを疑わなかったわけでない。けれど、システィーナは「フィラン」の主であっても、リーフィアとは直接繋がりはない。だから、彼女を狙う意味はない、そう思っていたのだ。

けれど、ラディム＝アシェルの考えは違っていたようだ。システィーナに何かすることで魔法使いを――いや、ラディム＝アシェルをリーフィアから引き離すのが目的ではないかというのだ。

ルドルフは不安を吹き飛ばすように明るく言った。

「いや、でもたとえそうだとしても大丈夫っス。ラディム師匠が出るのは最終手段で、塔には他に医術《いじゅつ》の心得《こころえ》のある魔法使いもいるっス。呼ばれるのはまずそちらっス」

「……」

その言葉にラディム＝アシェルは何も返答しなかった。

――翌日の朝、ルドルフの予想どおり、システィーナを診《み》るように魔法使いの塔に国王からの要請が入った。

赴《おもむ》いたのは医術の心得のある初老《しょろう》に差しかかった女性の魔法使いだった。居館から、やがて帰塔《きとう》した彼女はラディム＝アシェルに報告した。

「まるで原因が分からないのです。こんなことは初めてです。魔力は微《かす》かに感じられますが、術の痕跡《こんせき》がまったく見えません。魔法が原因とも断定できない状態です」

この時点で【イェルド＝エクレフ】が今回のシスティーナの症状《しょうじょう》に関わりがあるのは明らかになった。魔力は感じられるが、術の痕跡が分からない――それはまさしく、【イェルド＝エクレフ】が塔に侵入するために用《もち》いた術と酷似《こくじ》していた。巧《たく》みに隠された術式は並の魔法使いでは認識できない。塔に残った痕跡を見つけることができたのは、稀代《きだい》の魔法使いラディム＝アシェルだったからだ。

「これは……師匠に要請が来ないといいんですが……」

そのルドルフの願いも空《むな》しく、昼過ぎ、今度はラディム＝アシェルを直々《じきじき》に指名しての国王の要請が塔に入った。

女性の魔法使いがだめだった時点ですぐラディム＝アシェルが呼ばれなかったのはおそらくエーヴェルトがそれだけは避《さ》けようと頑張《がんば》ったからだろう、とリーフィアは思った。

彼も女魔法使いの言葉を聞いてすぐにシスティーナの症状が【イェルド＝エクレフ】の術によるものだと分かったに違いない。それでリーフィアの護《まも》りが薄《うす》くなることを恐《おそ》れてラディム＝アシェルを呼べという声を突っぱねていたのだろう。けれど、一国の王女と一介《いっかい》の伯爵令嬢《れいじょう》では比べるべくもない。抗《こう》しきれなくなったか、あるいは彼には内緒《ないしょ》でラディム＝アシェルが呼ばれることになったのかもしれない。

それも当然だとリーフィアは思ったし、またそうでなければならないとも思っている。自分よりシスティーナの方が遙《はる》かに重要な人間なのだから。

「……面倒《めんどう》。明日でもいいのに……」

ラディム＝アシェルはぶつぶつ言いながら、それでも仕度《したく》を始めた。彼でも国王の要請はおいそれと断れないのだ。

「くれぐれも気をつけて」

そう告げるとラディム＝アシェルは塔を出て行った。

リーフィアはそれを見送り、ラディム＝アシェルの研究室で書類の整理を始めた。何かしないではいられなかったのだ。けれど、いつまで経ってもラディム＝アシェルが戻る気配はなく、どんどんそわそわと落ち着かない気分になってきた。頭巾を手に取ると、部屋の隅にある机で研究書類を書き写しているルドルフに声をかける。

「ルドルフ。ちょっと外の空気吸《す》ってくるね」

「あまり遠くに行っちゃだめっスよ～」

「分かってる。大丈夫」

そう言いながら部屋を出て、リーフィアは前庭に向かった。散策しながらラディム＝アシェルが帰ってくるのを待とうと思ったのだ。

けれど、花壇に咲いている花を見たり、軽く運動したりして時間を潰《つぶ》しても、なかなかラディム＝アシェルは戻ってこない。

やがて日が傾いて夕方になった。茜色《あかねいろ》に染まっていく空と、人の気配のない門を見つめていたリーフィアは、ふと身体のざわつきが前よりひどくなっているのを感じた。

そういえば今夜は新月だ。日が落ちればリーフィアは十八歳の姿に変化する。その前兆《ぜんちょう》のようなものがすでに出ていた。

——でも今夜はいつもと違う。それが分かる。

いつもは日が落ちて変化する直前にならなければ前兆はこなかった。けれど、今日はさっきからずっと断続的《だんぞくてき》に続いている。まるで夜がきて完全に太陽の陰に月が隠れるその時を待ち望んでいるかのように。

【イエルド＝エクレフ】がかけた二つの魔法がリーフィアから消えようとしているのだ。

それはこの八年間、ずっと待ち望んでいたことだった。

……けれど、今のリーフィアはそれよりもシスティーナのことが気にかかって仕方なかった。あの幼児性愛病者《ロリコン》がシスティーナにかけた術が意識を奪《うば》うだけのものだとは限らない。何か後遺症《こういしょう》の残るものだったら？

——ああ、ラディム＝アシェルはどうしただろう？　解呪することができたのだろうか？

そう思って門の方へ視線を向けたリーフィアはハッとした。塔へと通じる回廊《かいろう》の方から誰かが門の方へ向かって走ってくる。

薄暗い夕闇《ゆうやみ》の中、最初は誰だかはっきりしなかったが、その人影が門の前に来てようやく分かった。

「リリアン⁉」

「あっ、フィラン！」

リリアンも門の内側にいるリーフィアに気付いたらしくパッと顔を輝かせる。

「リリアン、どうしたの？」

リーフィアは門に駆け寄った。

「よかったわ、誰かに言付《ことづ》ける手間《てま》がはぶけて！」

ホッと安堵《あんど》の息をつくと、リリアンは改めてリーフィアを見ながら門越しにいるフィランを上から下まで眺めた。

「フィランは魔法使いの塔にいるってラディム＝アシェル様が言っていたのは本当なのね。てっきり実家に帰省していると思っていたからそれを聞いた時はびっくりしたわ」

「ラディム＝アシェルさんから聞いたの？」

訳が分からなくなってリーフィアは眉を顰めた。ラディム＝アシェルとリリアンの接点が分からなかった。

「私に用事が？」

尋ねるとリリアンは「あっ」と口元を手で覆《おお》った。

「まさか本当にフィランがここにいるとは思わなかったものだから、驚いちゃって。姫様が突然倒れられたことはフィランも聞いているわね？」

「うん。もちろん。それで私心配で……」

「さっきラディム＝アシェル様がいらして姫様を診てくださったの。何でも古い魔法にかけられているって……それでね、私には魔法とかよく分からないんだけど、とにかくラディム＝アシェル様が何かしたら、姫様がパチッと目を覚ましたの！」

リリアンは興奮《こうふん》した口調で言った。リーフィアは門の柵《さく》を摑《つか》んで身を乗り出す。

「目覚めた？　システィーナ様が目を覚ましたの？」

「ええ、そうよ！　目覚めて周りを見回してエーヴェルト殿下や国王陛下《へいか》までいることを知ってびっくりなさっていたわ」

リーフィアはホッと安堵の息を吐いた。

「よかった。システィーナ様が目を覚まして、本当によかった……！」

「ええ。一晩中生きた心地《ここち》がしなかったもの。本当によかったわ。それでね、目が覚めて少ししたら、姫様が突然『フィランに会いたいわ』と言い出したの」

「私に？」

「ええ、そろそろ一ヵ月の休暇が終わるでしょう？　姫様は実家に戻ったフィランが里心がついて城に帰って来ないんじゃないかと心配なさっていたから、それでたぶん急に会いたくなったんだと思う。それでウェインティン伯爵家に使いを出そうとしていたら、ラディム＝アシェル様がフィランは塔にいるって教えてくださったのよ」

「そうだったんですか……」

「さぁ、フィラン。システィーナ様が待っているわ。今すぐ行きましょう」

そう言って手を差し出されてリーフィアは戸惑った。システィーナが彼女を呼んでいるのだという。リーフィア自身もシスティーナと会いたい。でもここを出て本当に大丈夫だろうか？

リリアンの口ぶりではラディム＝アシェルも承知のことみたいだけど……。

リーフィアは少し考え、リリアンに尋ねた。

「システィーナ様の部屋にはラディム＝アシェルさんもいるんですか？」

「もちろんよ。エーヴェルト殿下やブラッドリー様もいるわ」

並の魔法使いでは【イエルド＝エクレフ】が用いる術は見えないらしい。対処《たいしょ》できるのは長であるラディム＝アシェルくらいだという。だとすればここで一人でいるよりも、ラディム＝アシェルの傍の方が安全かもしれない。リーフィアはそう判断《はんだん》した。

「そうですか。それなら行きます」

リーフィアはそう答えると頭に手をやり、頭巾がちゃんとあることを確認する。ここから一歩出ればリーフィアは無防備で、この頭巾だけが命綱《いのちづな》だ。

頭巾をできるだけ深く被り、リーフィアは門の閂《かんぬき》を外して塔を取り囲む塀《へい》の外へと――結界のない場所へと、踏《ふ》み出した。

リーフィアが外に抜け出した直後、彼女を心配したルドルフが前庭に姿を現した。

「リーフィア。心配なのは分かるけど、すぐに連絡が入るからそろそろ中に戻……」

前庭にリーフィアの姿がないことに気付いたルドルフは辺りを見回し、門の閂が外れているのを見て彼女が外へ出たことに気付いた。

「リーフィア!?」

慌てて門に駆け寄ったルドルフが見たもの。それは居館に通じる回廊とはまた別の道へと消えて行くリーフィアと、侍女らしき女性の後ろ姿だった。

「あんなところに通路なんてあったっスか？」

ぼんやり呟いてから、その道が魔法によって作られたものであることに気付いてルドルフの顔からさぁーっと血の気が引いた。

「マズイっス！　ラディム師匠に知らせないと……！」

「近道を案内するわ。こっちよ」

そう言われてリリアンとリーフィアは回廊とは違う通路に入った。魔法使いの塔の周辺の通路のことはまったく知らないリーフィアは素直にリリアンの後についていく。

やがてしばらく通路を行くと見覚えのある白い壁に囲まれた場所に出た。迷って以来、一度も通ろうとしなかった東館の迷路《めいろ》だった。この白い壁は間違いない。

そういえばあの迷子《まいご》になりかけた時、ちょうどこの辺りでそうとは知らずにラディム＝アシェルと遭遇《そうぐう》したのだった。そう考えながらリーフィアはリリアンに声をかける。

「迷路？」

「そうよ。あそこからここに通じているの」

リリアンはさすが勤務年数が長いこともあって、迷路に出てからも足取りに迷いがない。

リーフィアは彼女の後に続いた。

けれど迷路をしばらく歩いたところで、リーフィアは「あれ？」と思った。こっちは居館に通じる道ではなくて、図書館に行く方向ではないだろうか？

「リリアン。本当にこっちでいいの？」

「ええ。そうよ」

きっぱり言われてしまえば、自信がないこともあって、口ごもるしかない。リーフィアはふに落ちないものを感じながらもリリアンについていった。

とうとう迷路から抜け出し、リリアンはそのまま外に向かう回廊へと足を向ける。東館を出て回廊へと踏み出したリーフィアはピタッと足を止めた。

「どうしたの、フィラン？」

「……リリアン、ここ、図書館へ向かう道だよね？」

回廊からはよく見知っている図書館の建物が見えていた。

リーフィアの胸がドクンドクンと嫌《いや》な音を立てて騒ぎだした。

「……リリアン。私たちが向かうのは居館だよね？　システィーナ様の部屋は居館にあるもの」

震える声で呟くとリーフィアは素早く踵《きびす》を返した。エーヴェルトの忠告《ちゅうこく》の言葉が脳裏をよぎる。

『たとえ相手が顔見知りでも、信頼できる人物だと思っても、言動を不審に感じたら絶対に近づいてはいけない。いいね？』

せっかくエーヴェルトがそう言ってくれたのに、リーフィアはとんでもない失態を演じてしまった。決して塔を出てはいけなかったのに！

ラディム＝アシェルの名前ですっかり油断してしまったのだ。

リーフィアは走って迷路に向かう。迷子になろうが構わなかった。リリアンに捕まらなければ。

けれど、リーフィアは十歳の体で、足の速さも高《たか》が知れている。大人の女性が本気で捕まえようと思ったら敵《かな》うはずはなかった。ましてや地《ち》の利《り》はあっちにある。

「っ！　放して！　リリアン！」

リーフィアはすぐに捕まってしまい、腕を摑まれたまま図書館に向かってずるずると引きずられていった。

リリアンは普段、こんなことをする人間ではない。フィランにもとても優しかった。ずんずんと先に進む彼女の表情は見えなかったが、きっとイエルド＝エクレフに操られているのだろう。

「放して！　誰かっ！」

摑まれた腕をはがそうともがきながらリーフィアは助けを求める。けれど、不思議と周囲に人影はまったくなかった。夕方だから日勤を早めに終えて宿舎に戻ろうとする者たちが通りかかってもおかしくないのに。

助けもないままリーフィアはリリアンに半《なか》ば引きずられるように図書館に入っていく。けれど、この時リーフィアはまだどこか楽観《らっかん》している部分があった。図書館にはまだ人がいるだろうし、カミロたち司書だっている。助けてもらえる、そう思っていた。なぜリリアンが図書館に向かっているのか、その理由にはまったく思い至《いた》らなかった。

扉の中に押し込まれたリーフィアは、目の前の惨状《さんじょう》に呆然とする。

「……これ、は……」

視界を覆う赤い色——吹き抜けの天井《てんじょう》から漏れてくる赤い夕日の中、床に何人もの人が倒れていた。中には見覚えのある人もいる。以前カミロの留守を教えてくれた司書《ししょ》の人だ。彼はピクリとも動かなかった。

茜色の差す図書館の中、立って動いているのはただ一人。そしてその人物は足元で倒れ伏《ふ》す人たちには目もくれずに開いていた本をパタンと閉じ、入り口の扉の前に立つリーフィアたちに笑みを向けた。

「やあ、いらっしゃい」

「カミ……ロ……」

それは図書館司書のカミロだった。

「……あなたが？」

異様な雰囲気《ふんいき》の中で、いつもと変わらない笑みを向けてくる彼を見た瞬間、リーフィアには分かった。

カミロこそが、リーフィアに魔法をかけた【イェルド＝エクレフ】だ。魔法使いの塔に侵入し、研究資料を盗んでいったのもきっと彼だろう。

リーフィアはぎりっと歯を食いしばり、今この時になるまでまったく疑いもしなかった自分を心の中で罵《ののし》った。

イーヴ先生が【イェルド＝エクレフ】だと聞かされた時、気付くべきだったのだ。至る所にヒントがあったのだから。

リーフィアがずっと捜していた本は目録《もくろく》にないとカミロは言った。けれどラディム＝アシェルは本を確かに寄贈したという。ならばたとえ実物が紛失《ふんしつ》していても目録には載《の》っているはずだ。にもかかわらずカミロはないと告げた。きっとリーフィアに本を諦《あきら》めさせるために偽ったのだろう。その本も、カミロがあらかじめ抜き取ってしまったに違いない。

そもそも、他人に成りすました人間が都合よく「城で図書館司書をしている人物」を紹介できたことからしておかしかったのだ。

「おいで」

カミロが誘《さそ》うように手を差し出す。そのとたん、リリアンがリーフィアの腕を掴んだまま歩き始めた。

「っ、やだ！　リリアン、やめて、リリ……」

カミロの方に向かって引きずられていきながらリリアンを見上げたリーフィアは、目を見開く。

リリアンには表情らしいものがなかった。まるで人形のようだ。いつものリリアンではない。操られているのは明らかだった。

「リリアン！　しっかりして！」

けれど、彼女は無表情のままで、その足は止まらなかった。

恥《は》ずかしそうに頬を染《そ》めてカミロを見ていたかつてのリリアンを思い出し、リーフィアは怒《いか》りがふつふつと湧《わ》いてくるのを感じた。リリアンの好意《こうい》をこんなふうに踏みにじったことが許せなかった。

カミロの前までたどり着くと、リリアンの足がピタッと止まった。

「やぁ、リーフィア。よく来たね」

カミロはにっこり笑う。その口調もその笑みも、いつものカミロそのものだった。けれどその口から出たのはリーフィアの本名だ。カミロには「フィラン」としか伝えていなかったはずなのに。

リーフィアはキッとカミロを睨《にら》みつけた。

「この人たちとリリアンに何をしたの」

「何も。邪魔《じゃま》なので彼らには眠ってもらっているだけさ」

そう答えたカミロの口調はがらりと変わっていた。きっとこれが本来の口調なのだろう。

頭巾から覗《のぞ》くリーフィアの顔をじっと見たカミロの顔にうっとりとした笑みが浮かんだ。

「ああ、相変わらず君は美しい」

ぞわっとリーフィアの背筋《せすじ》に悪寒《おかん》が走る。イェルド＝エクレフだった八年前と顔の造形《ぞうけい》は違うのに、リーフィアを見つめるその視線は、あの時とまったく同じだった。

「身体が大人になる準備を始める前の、純粋《じゅんすい》で無垢《むく》で完璧《かんぺき》な美しさだ」

リーフィアを見下ろすカミロの黒い瞳には、十歳のリーフィアが映っている。目の前にいる男と同じく平凡《へいぼん》な褐色《かっしょく》の髪と黒い瞳のリーフィアが。

けれど、術者であるカミロにはその平凡な姿を通して白銀《はくぎん》の髪と紫《むらさき》の瞳を持った姿が見えているに違いない。

彼の心を惹《ひ》いた八年前の、十歳の誕生日を迎えたあの日のリーフィアが。

「その無垢な美しさも大人になると、どんどん汚《けが》れて醜《みにく》くなっていってしまう。留《とど》めて正解だったようだね」

「御託《ごたく》はいいから、リリアンを元に戻して！　あなたに好意を抱いていたリリアンを操って、こんなことをさせるなんてひどいじゃないの！」

リーフィアが食ってかかると、カミロは片方の眉をあげた。

「好意？　ああ、それはまやかしだよ、リーフィア」

「まやかし？」

「その好意とやらは魔法でかけた暗示に過ぎない。彼女が君と同室になると知って、その方が色々便利だし使えると思ってね」

「なっ……」

リーフィアは絶句《ぜっく》した。リリアンがカミロを好きになった気持ちは彼がわざと植えつけたものだったというのか。

「私がこの城に来たのは、君がやってくる一週間前だ。少しばかり周囲の記憶を操作してだいぶ前から勤務《きんむ》しているように見せかけているだけ。司書を選んだのは、君が本を捜していると知っていて都合がよかったのさ」

カミロはそう言うと、さっと手を払《はら》うようなしぐさをした。そのとたんリリアンはリーフィアを放し、一歩下がる。

「本当のことを言えば、私は君をウェインティン伯爵家から出すつもりはなかった。傍にいて、私だけが君の美しさを愛《め》でられるあの環境が気に入っていたからね。今度の仕官《しかん》の話だって最初は潰《つぶ》すつもりだったよ。よけいな虫がついちゃ困るもの。だけど、私自身もこの城に用事があったから、許したんだ」

許すなどと、まるでリーフィアが自分のものだといいたげな口調にカチンときた。

「よくもぬけぬけと！　私の人生を破壊《はかい》しておいて……！」

「破壊？」

カミロはキョトンとし、それから笑った。

「いや、私は君が大人になって汚《よご》れてしまうのを救ったんだよ」

本気でそう思っているような口調だった。この男はおかしい。今さらながらそう認識《にんしき》して、リーフィアはゾッとした。

「だけどやっぱり城に行くのを許したのは失敗だったよ。早々にあんな虫がついてしまうとは。しかも私の術を無効にしようとするなんて。そこまで許した覚えはない」

「いや！」

言うなりカミロは手を伸ばすと、リーフィアが被っていた頭巾を剝《は》ぎ取《と》った。リーフィアの全身にステンドグラス越しの赤い夕日が降り注ぐ。

「返して……！」

「こんな無粋《ぶすい》なもので君の美しさを隠すのは罪《つみ》だな。燃やしてしまおう」

そのとたん、カミロの手にあった赤い頭巾が一瞬にして炎《ほのお》に包まれた。

「あ……！」

魔法使いのみんながリーフィアのためにと作ってくれた頭巾が、瞬く間に灰になって消えてしまうのを、リーフィアは呆然と見つめた。

「よし、これでいい。さぁ、リーフィア、行こうか」

「行く？」

リーフィアはカミロの言っていることが理解できなかった。どこに行くというのだろう？

にこっと笑いながらカミロは答える。

「よけいな虫がいるし、その虫は君を元に戻そうとしているからね。ここには置いておけない。君と二人で過ごすことのできる場所を用意したから、そこへ行こう」

「冗談《じょうだん》じゃないわ……」

——この幼児性愛病者《ロリコン》と二人きり？　死んだ方がましだ！

リーフィアはカミロが一歩前に進んだのを見て後ろに下がる。だがすぐに退路《たいろ》を断つように立ったリリアンにぶつかってそれ以上下がれなくなってしまう。彼女のすぐ前に立ったカミロは笑顔のままリーフィアを見下ろした。

「ねぇ、リーフィア。私はこれでも怒っているんだ。勝手に術を解こうとするし、虫には近寄らせるし。あまつさえ、他の男の『印』をつけているなんて。どうやらお仕置きが必要なようだね」

カミロはゾッとするようなことを言うなり、手を伸ばしてリーフィアの手首を摑んだ。

「嫌！」

振り払おうとしたその直後、リーフィアの目の前に見覚えのある光る蝶《ちょう》が現れてひらひらと舞った。それも一匹どころではなく、数十匹もの蝶が一斉《いっせい》にぽうっと浮かび上がる。

「こ、これは？」

「チッ」

カミロが舌打《したう》ちしたと同時に、その光る蝶は球形になったかと思うと、ものすごい速さでカミロへと向かった。

――パンパンパン。

音を立ててリーフィアの目の前で光が弾《はじ》ける。まぶしさに思わず目を閉じて両腕で前を庇《かば》った彼女は、自分の手がカミロから解放されていることにすぐ気付いた。

音が止《や》む。そうっと目を開けて腕を下ろしたリーフィアは、目の前にいたはずのカミロが何かに吹っ飛ばされたように五メートルほど先にあった本棚《ほんだな》に激突《げきとつ》しているのを見て、目を見張った。

「ラディム＝アシェルか。やってくれる」

衝撃のせいかバラバラと頭上に落ちてくる本を手で払いのけながらカミロは身を起こすと、リリアンに命《めい》じた。

「どうやらお揃《そろ》いで来るらしい。リーフィアと共に下がってなさい」

リリアンは無表情で頷くと、リーフィアの身体を羽交《はが》い締《じ》めにした。

「っ、放して！」

脇《わき》の方に引きずられながら、リーフィアは腕から逃《のが》れようともがく。その時、ふとさっきまで自分が立っていた床が光っているのが目に入って、思わず抵抗《ていこう》を忘れた。

「え……？」

床に光の輪ができていた。輪の中にまた輪があって、その円と円の隙間《すきま》には丸と三角で構成された不思議な模様《もよう》のようなものが浮かび上がっている。

一際《ひときわ》強く光を放っているのが円の中心だった。そこには光の模様はなく、まるで円の中央に太陽ができているかのように輝いていた。

「あ……」

リーフィアが見ている前で、その中心の光の円から円柱のように真上に光が伸びていく。すさまじい光量だ。なのに、不思議なことにまぶしくは感じられなかった。

瞬《また》く間に上のステンドグラスまで伸びていったその光は、けれど突然収束《しゅうそく》した。解けるように光が消えていく。床に描かれた光の円は床に吸収《きゅうしゅう》されるようにその姿を消す。

けれど、消えないものがあった。光の円柱があった場所には、さっきまでは存在しなかった人影《ひとかげ》が存在していた。それも一つではなかった。

リーフィアの目がこれ以上はないほど見開かれる。唇《くちびる》がわなないて、呼びかけたくても声にならなかった。

──ラディム＝アシェル。エーヴェルト殿下。ブラッドリーさん。

エーヴェルトの碧《あお》い瞳とリーフィアの目が合った。

「リーフィア、大丈夫だった？　助けに来たよ、もう大丈夫」

安堵の笑みを浮かべる彼に、リーフィアは目を潤《うる》ませて頷いてみせた。

——信じられなかった。だけど、信じてもいた。きっと来てくれる、って。

「長どののお出ましか。虫まで一緒に連れてきてご苦労なことだね」

カミロは冷笑《れいしょう》を浮かべた。その顔にリーフィアがかつて感じていた「人の好《い》いお兄さん」の面影はすでにない。

「誰が虫だ、誰が」

ブラッドリーが剣を抜きながら言う。

「幼児性愛病者《ロリコン》に虫扱《あつか》いされるいわれはないぞ」

「同感だね」

エーヴェルトも腰にある剣を引き抜く。

無言でカミロを見つめていたラディム＝アシェルが口を開いた。

「僕はラディム＝アシェル。初めて会うようだが、名前を聞かせてもらおうか。ここで使用していた偽名ではなく、本当の名前を」

「そういえば名乗ったことはなかったか。では長どのに敬意《けいい》を表して私も名乗ろう」

カミロは笑みを浮かべた。さっきのような冷笑ではなく微笑《ほほえ》みともいえるものだった。

「私の名前はアーネル＝エフィロット」

「エフィロット!?」

エーヴェルトとブラッドリーとリーフィアの声が重なった。

その姓は禁呪を用《もち》いて殺された「エドウィナ＝エフィロット」と同じものだ。魔法使いの姓は師匠から弟子へと受け継がれていくもの。だとしたら、カミロ、いや、アーネル＝エフィロットと名乗るこの青年は――。

アーネル＝エフィロットは三人の反応を見てますます笑みを深くした。

「そうとも。禁忌《きんき》の魔法使い【エドウィナ＝エフィロット】の唯一の弟子だ」

「馬鹿《ばか》な」

ラディム＝アシェルが呟く。

「エドウィナ＝エフィロットに弟子がいたなんて聞いたことがない。師匠もそんなことは一言も言ってなかった」

「それは知らなかっただけだろう。私は正真正銘《しょうしんしょうめい》エドウィナの弟子だ」

エーヴェルトが目を眇《すが》めてアーネルに問う。

「では、エドウィナ＝エフィロットの研究資料を盗んだのは……」

「盗んだわけではない。たいした資料じゃないことは確かだが、エドウィナを追い詰めて殺したこの国に彼女のものを置いておくのは癪《しゃく》だからね。返してもらったんだよ」

何ということだろう、とリーフィアは思う。誰も予測できなかった事態《じたい》になっている。

リーフィアに月魔法について探《さぐ》られたくないために盗んでいったと思われていた【エドウィナ＝エフィロット】の研究資料。この幼児性愛病者《ロリコン》の真の目的がそっちだったと一体誰が予測《よそく》できただろう。

「本当の弟子と言うが証拠《しょうこ》はない。お前はただの盗人《ぬすっと》だよ。だいたい、エドウィナ＝エフィロットが生きていたのはもう六十年以上前のことだ。それが本当なら、お前は少なくとも九十歳近い老人だということになるが……魔法で若作りでもしてるのか？」

ブラッドリーが剣先をアーネルに向ける。ところが剣を向けられてもアーネルの余裕《よゆう》は揺《ゆ》らぐことがなかった。

魔法戦は魔力と、どれだけ素早く多彩な技《わざ》を繰《く》り出《だ》すかによって決まるという。アーネルがどんなに古代魔法に長《た》けていようと、術を発動させるのに時間がかかる古代魔法と、より早く簡単に術を発動できるように研究され発展してきた現代魔法とでは比べるべくもない。

ましてやラディム＝アシェルは天才と呼ばれる逸材《いつざい》だ。アーネルに勝機《しょうき》があるとは思えなかった。

けれど、彼の余裕の理由はすぐに知れた。

「さぁ、どうだろうか。私も自分の本当の年齢《ねんれい》など覚えていないね。ただ、年寄りでないことは確かだな。ああ、そうそう。先ほどのお返しをさせてもらおう」

アーネルが手を横になぎ払う。すると彼の前には氷の欠片《かけら》のようなものが無数に出現し、一斉にラディム＝アシェルやエーヴェルトたちに襲《おそ》いかかった。

「やめて！」

リーフィアは叫んだ。今すぐエーヴェルトたちのところに駆け寄りたいのに、リリアンの拘束《こうそく》はまるでびくともしなかった。

「障壁《しょうへき》」

ラディム＝アシェルの落ち着いた声が響き渡る。すると彼の前に見えない壁が出現したように、氷の欠片はそこにぶち当たって消滅《しょうめつ》していく。

「さすが、長どの。まるでこっちの魔法が子どもだましのようだね。そっちの二人も魔法を防御《ぼうぎょ》する魔具をお持ちなようだけど、こいつらはどうかな？」

アーネルの手に炎が宿る。彼はそれをラディム＝アシェルの方に投げるのかと思いきや、なんと床に倒れている人たちめがけて投げつけたのだ。

「っ、盾《スクト》！」

これには虚《きょ》をつかれたラディム＝アシェルは、ハッとして手で印を結びながら短く呟く。彼の魔法は東方に伝わるという呪術《じゅじゅつ》を組み合わせた特殊な魔法なのだ。併用《へいよう》することで素早く発動することができる。

アーネルの放った炎はたちまち周辺の床を焼いて広がっていったが、倒れた人間の周囲はまるで見えない囲いがあるようにそこだけ炎が避《よ》けていく。ラディム＝アシェルの防御の魔法のおかげだった。

「ハハハハ！　長どのは大変だねぇ。こんな奴ら放っておけばいいのに」

そう言いながらアーネルは炎を呼び出し、次々と倒れている人の方に向けて放っていく。

周囲は瞬く間に炎に包まれた。棚に炎が燃え広がり、更に炎が大きくなる。黒いすすけた煙《けむり》が美しいステンドグラスへと舞い上がっていった。

アーネルの前に小さな竜巻《たつまき》が生じる。小さいながらも威力《いりょく》はあるようで、周囲の炎を巻き上げてたちまち浅黒い不気味な竜巻へと変化していった。

「ほら、ほら。他人のことばかり守っている場合じゃないよ」

楽しげに言うと、アーネルはその竜巻をラディム＝アシェルの方に放った。

「障壁」

再び見えない壁を展開させてそれを防ぐラディム＝アシェル。淡々とつむがれた術だったが、その顔にツーと汗が流れるのをリーフィアは見逃《みのが》さなかった。それも当然だ。彼は床に倒れた人を守る魔法を維持しながら、別の術を展開しているのだから。

「この卑怯者《ひきょうもの》！　腐《くさ》れ幼児性愛病者《ロリコン》！」

リーフィアはリリアンの手を外《はず》そうともがきながらアーネルを睨みつけた。

なんて卑怯なのだろう。正面からぶつかっても勝てないとみて、ラディム＝アシェルの力をそぐために、床に倒れた無防備《むぼうび》な人たちを利用したのだ。

「ヤバイな……」

エーヴェルトが呟く。彼の顔には焦《あせ》りが浮かんでいた。

「いくらラディムでもいくつもの術を同時に展開し続けるのは無理だ。何とか奴の隙《すき》をつけないだろうか」

「だがあいつ、俺たちに対する警戒《けいかい》は怠《おこた》っていないぞ。下手《へた》に出れば、かえってラディム＝アシェルの負担《ふたん》になる」

「気をそらすことができれば……」

蚊帳《かや》の外に置かれたリーフィアは二人の会話をもどかしい思いで聞いていた。

炎が燃え広がりつつある図書館だったが、リーフィアの周辺だけはその影響《えいきょう》がなかった。もしかしたらアーネルが何か防御の術をかけているのかもしれない。

防御しながら攻撃しているという点では条件は同じかもしれないが、リーフィアとリリアンだけを守ればいいのと違って大人数を守らねばならないラディム＝アシェルの方が遙かに負担は大きい。

――このままじゃラディム＝アシェルとエーヴェルトたちが危ない。

「リリアン！　リリアン！　目を覚まして！」

自分を拘束するリリアンにリーフィアは必死で呼びかけた。

こんな事態になったのはリーフィアが油断して塔を出たせいだ。あそこなら大勢の魔法使いがいて、少なくともラディム＝アシェルが孤立無援《こりつむえん》に陥《おちい》ることはなかっただろう。

このまま安全な場所で手をこまねいていることなんてできなかった。

「リリアン！　お願い、正気に戻って！」

けれど必死の呼びかけも、リリアンを動かすことができなかった。リーフィアは涙で滲《にじ》んだ目でリリアンを見上げる。無表情な顔。その耳には何も聞こえず、何も見えていないのかもしれない。ただただアーネル＝エフィロットの言うことだけを聞く人形のようだ。

リーフィアは悲しくなるのと同時にどうしようもない怒りを感じた。

リリアンのカミロに対する気持ちは魔法によって植えつけられたものかもしれない。けれど、カミロへの想いを語っていたリリアンの気持ちはリーフィアの目にはまやかしのようには見えなかった。少なくともあの時のリリアンにとっては真実だったのだ。

その彼女の想いを否定し、便利な道具として扱っているアーネストを許せなかった。

「リリアン、ごめんなさい。後で謝る。何百回でも何千回でも謝るから……ごめんね！」

リーフィアはそう言って、自分を拘束しているリリアンの手に思いっきり歯を立てた。

口の中で鉄の味が広がった。

「……！　痛っ……」

リリアンの口からうめき声があがり、その手が緩《ゆる》む。リーフィアはさっとその腕の中から抜け出した。

「あら……？　私は、一体……？」

そんなリリアンの戸惑うような声を背に、リーフィアは走った。

「ハハハハ、そろそろ長どのも辛《つら》くなってきてるんじゃない？　私の可愛いリーフィアに無粋な『印』なんてつけた罰《ばつ》だよ」

アーネルは楽しそうに言うと、渦巻《うずま》く炎を呼び出しそれをラディム＝アシェルの方に放とうしている。けれど、それに夢中になるあまり、リーフィアが逃《に》げたことには気付いていないようだった。

大きく迂回《うかい》して炎を避《よ》けながら背後《はいご》からアーネル＝エフィロットに近づこうとしている彼女に気付いたのは、エーヴェルトであり、ブラッドリー、それに障壁を展開しながらも反撃《はんげき》のチャンスを窺い続けているラディム＝アシェルだった。

リーフィアは途中、炎にまかれずにすんだ分厚《ぶあつ》い本を拾いあげ、かろうじてソレが届くであろう範囲《はんい》までやってくると大きく振りかぶった。

「腐れ幼児性愛病者《ロリコン》は滅《ほろ》びろ……！」

掛け声と共に満身の力を込めてその本をアーネルに向かって投げつける。ハッとアーネルが気付いて後ろを振り返った。そこに隙が生《しょう》じた。

エーヴェルトとブラッドリーがラディム＝アシェルの防御の壁から飛び出していく。

アーネルはリーフィアの投げた本をひょいっと避けて笑った。

「おいたはいけないよ、リーフィ……」

「アーネル＝エフィロット！」

エーヴェルトの声が凛《りん》として響く。

「お前こそおいたはもう終わりだ」

「っ！」

アーネルが急いで振り返る。その時にはもうエーヴェルトは持っていた剣を彼に向けて投げつけていた。リーフィアの本と違い、ものすごい速さで自分の心臓めがけて飛び込んでくる剣を、アーネルはギリギリでかわす。

けれどもうそこにはブラッドリーが迫っていた。素早くアーネルの懐《ふところ》に飛び込んだブラッドリーは、剣先ではなく柄《つか》の部分をアーネルの腹に叩き込む。

「ぐっ……」

アーネルは呻き、屈《かが》み込《こ》みながら後ろに数歩ほど下がった。そしてその時にはラディム＝アシェルの口から呪文が放たれていた。

「縛《いまし》めの鎖《くさり》よ、我がもとに来たりて、輪を閉じよ」

ヨロめくアーネルの足元が光り、その中から鎖状《くさりじょう》のものがいくつも飛び出して身体に巻きついていった。

「くっ……！」

アーネルは抵抗しようとしたが、彼の魔法は発動に時間がかかる術が主だったため、ラディム＝アシェルの魔法が完成する方が先だった。

いくつもの鎖に巻かれたアーネル＝エフィロットは動けなくなり、その場で倒れ込んだ。

それを最後まで見ることなく、エーヴェルトはリーフィアの元へ向かう。

「リーフィア、よくやった！」

「殿下……」

彼の腕に抱き上げられたリーフィアは安堵のあまり、エーヴェルトの首にぎゅっとしがみ付いて泣き笑いを浮かべた。

「みんな、無事でよかった……！」

そこにラディム＝アシェルの魔法で作られた雨が降り注ぐ。燃え広がりつつあった炎を消すためだろう。火はすぐ止み、一階の吹き抜けの棚がいくつか焼けたが、最小限の被害ですんだようだった。

エーヴェルトに下ろしてもらい、リーフィアはラディム＝アシェルとブラッドリーの足元で鎖を簀巻《すま》き状に巻かれて身動きの取れないアーネルの元へと向かった。状況を把握《はあく》できずに戸惑いの表情を浮かべたリリアンも、倒れた人をこわごわと避けながら向かってくる。

「フィラン。一体どうなっているの……？　なぜ私、図書館に？」

どうやら操られている間のことは何も覚えていないようだ。リーフィアは苦笑を浮かべるとリリアンに言った。

「あとで説明するわ、リリアン。すごく長くなるから」

それからリーフィアは簀巻きにされたアーネルに視線を戻した。

口を引き結んだまま何も言わないアーネルを見下ろして、ラディム＝アシェルが淡々と告げる。

「その縛めの鎖は魔力をも封《ふう》じている。逃げようとしても無駄《むだ》だ。お前には聞きたいことが山ほどある。こちらが満足するまで付き合ってもらう」

「……」

アーネルは何も言わなかった。

リーフィアはふてぶてしい態度を崩さない男を見下ろした。

この男のせいでリーフィアは人生を狂《くる》わされた。八年間もの長い間翻弄《ほんろう》された。

それなのにその苦しみも辛さも、この男は間近で笑いながら見ていたのだ。許せなかった。

「お前のせいで……！」

ふつふつと心の底から湧いてくる怒りが頂点に達し、リーフィアは我慢できなくなった。

ずかずかと近づくと、その小さな足を振り上げる。本当は殴《なぐ》りたかったが、相手は鉄の鎖に簀巻きにされた状態で難しかったのだ。だからせめて一回だけでも蹴《け》って、リーフィアが受けた苦しみの報復《ほうふく》をしたかった。

「……」

アーネルは相変わらずの無言だ。ところがリーフィアの足が振り上げられると思わずといったふうにうっとりと笑顔になった。それに気付いたエーヴェルトが今にも振り下ろされるところだったリーフィアの身体をさっと掬《すく》い上げた。

「殿下！　蹴らせてください！　コイツのせいで、私は……！」

アーネルの表情にはまったく気付いていなかったリーフィアは手足をバタバタさせて抗《こう》議《ぎ》した。そんな彼女にエーヴェルトはにっこり笑う。

「だめだよ、こんな変態《へんたい》を蹴ったら君の足が穢《けが》れる。蹴りたいのなら、僕が代わりに蹴るから」

そう言うなりエーヴェルトは自分の足を振り上げて、アーネルの顔を容赦《ようしゃ》なく踏みつけた。

「ぐっ……」

「で、殿下それ、蹴るんじゃなくて、踏みつけて……」

「なあに、一緒だよ、一緒」

「……貴様、この屈辱《くつじょく》は忘れないぞ」

顔を踏みつけられたアーネルはすさまじい顔でエーヴェルトの靴の下から彼を睨みつけた。

「聞こえないなぁ」

にこにこ笑いながら更にぐりぐり足を押し付けるエーヴェルトに、リーフィアはちょっと引いた。一部始終《しじゅう》を見ていたブラッドリーはもっとドン引いていた。


ルドルフをはじめ、塔の魔法使いたちが連絡を受けて図書館へ押し寄せアーネル＝エフィロットを引っ立てていく。暴れることもなく素直に連れて行かれるアーネルの片方の頬には、エーヴェルトの靴底の跡《あと》がくっきりと残っていた。

「塔にある専用の牢屋《ろうや》に連れて行きます」

魔法使いに通常の牢屋は何も意味を成さないので、塔には魔法使い専用の牢屋が作られている。罪を犯した魔法使いは魔力を封じられ、そこに入れられる。万一魔法が使えても、その空間では全て無効化してしまう。そんな特殊な部屋なのだそうだ。

「じゃあ、もう二度とあの男に煩わされることはないわけだ」

エーヴェルトが念を押すと、ラディム＝アシェルは頷いた。

他の魔法使いたちはアーネル＝エフィロットと、彼によって意識を失ったままの司書たちを治療《ちりょう》するために連れて出てしまい、今残っているのはリーフィアにエーヴェルト、ラディム＝アシェルにブラッドリー、それにリリアンだけだった。

「よかった……」

深い安堵の息を吐いたリーフィアは、ふと重要なことを思い出し、慌ててエーヴェルトに尋ねた。

「そういえば、システィーナ様はどうなったんですか？　塔に来たリリアンは目が覚めたと言っていたんですが……」

「え？　私が？」

リリアンが戸惑いの声をあげた。心配ないという意味を込めてリリアンに笑いかけると、エーヴェルトは苦笑を浮かべながら答えた。

「それだけは嘘《うそ》から出た真《まこと》というやつだね。大丈夫。システィーナは目を覚ましたよ、ちょうど君が攫《さら》われる直前に。例によって古代魔法をかけられていたんだが、ラディム＝アシェルが何とか解呪に成功した」

「本当ですか……！」

リーフィアは顔を輝かせた。ラディム＝アシェルも頷く。

「この一ヵ月、リーフィアにかけられた術や侵入に使われた術を少しずつ解析してきた成果だ」

「よかった……」

多少なりとも役に立ったのなら、この術にかけられたことも無駄じゃなかったのだと思えた。もっとも、システィーナが倒れたのは間接的にはリーフィアのせいなのだが。

「あの、今からシスティーナ様に会いに行っちゃだめでしょうか？」

とりあえず一目でも無事な姿を確認したい一心で、エーヴェルトを見上げて尋ねる。けれど、エーヴェルトには答えるチャンスはなかった。

不意に天上を見上げてラディム＝アシェルがこう言ったからだ。

「……そろそろ、日が完全に落ちるようだよ」

ハッとして天井を見上げると、さっきまで図書館の吹き抜けを茜色に染め上げていた夕日はなく、薄暗い色が天井に広がっていた。アーネルとの戦いやそれに続く騒ぎで思った以上に時間が経っていたらしい。

「今日は新月。月のない夜がやってくる。そしてあれから一ヵ月だ。……頑張ったね、リーフィア」

思いもかけずラディム＝アシェルから褒《ほ》められて、リーフィアがびっくりしているとその前兆は突然現れた。

胸から始まったその疼《うず》きは瞬く間に全身に広がり、立っていられなくなってリーフィアはその場に座り込み、両手を床についた。

「フィラン!?」

リリアンが仰天《ぎようてん》して駆け寄ろうとする。その身体をブラッドリーが制した。

「しっ、大丈夫だから、黙って見てて」

その彼らの目の前で変化が始まっていた。

リーフィアは頭から足先、指先に至るまで波のように何度も打ち寄せる疼きを、床に爪《つめ》を立てながら耐《た》える。やがてその指先が子ども特有のふっくらしたものから細く長い指に、俯《うつむ》く顔をカーテンのように覆っている褐色の髪は、透き通った白銀へと変わり、その毛先が床に落ちる。

膨《ふく》らみなんてないに等しかった胸は丸みを帯《お》びて窮屈《きゆうくつ》そうに胸元を押し上げていた。

「これは、一体……?」

リリアンの戸惑うような声が響く中、リーフィアは完全に変化を終えた。

床に両手をついているのはさっきまでいた十歳の子どもではなく、美しい白銀の髪と娘らしいスラリとした肢体《したい》を持つ大人の女性だ。

疼きがかき消えたのを感じて、リーフィアは顔をあげる。その瞳は宝石《アメジスト》のような透明感《とうめいかん》のある美しい紫色だった。

エーヴェルトが進み出て、リーフィアの前に片膝をつく。そしてキョトンとするリーフィアに笑みを浮かべながら手を差し出した。

「ようこそ、リーフィア。君の新たな世界へ」

「はい」

リーフィアも笑顔を返してその手のひらに自分の手を重ねた。

——そんな二人を、ラディム＝アシェルとブラッドリー、そしてリリアンが見守っていた。

エピローグ
月は見ている

――朝目覚めても、リーフィアは十歳の姿には戻らなかった。

魔法使いの塔《とう》にある自室で目覚めたリーフィアは、その日、何度も何度も鏡を覗《のぞ》き込《こ》んだ。鏡の中のリーフィアはいつだって十八歳の姿で、そのたびに安堵《あんど》の息を吐《は》く。

別にナルシストなわけじゃない。八年間も本来とは違う姿で生きてきたリーフィアにとって、容姿《ようし》は顔の皮一枚の違いでしかない。

ただ自分が本当に元に戻ったのか確認せずにはいられなかっただけだ。

何度も何度も見返して、ようやくリーフィアは自分に納得《なっとく》させることができたのだった。

午前中はそんなふうにして過《す》ごしたリーフィアは、午後になって目立つ白銀《はくぎん》の髪をスカーフで隠して塔を出た。リリアンを見舞うためだった。

リリアンはフィランの正体を知らされて驚《おどろ》き、ショックから熱を出して寝込んでしまったのだ。

もっともフィランの正体のことよりも、自分が魔法にかけられてカミロを好きだと思わされていたこと、そして操《あやつ》られるままリーフィアを危険に晒《さら》したことが思いのほか衝撃《しょうげき》だったらしい。

幸い、部屋を訪《たず》ねた時は起き上がるまでに回復《かいふく》していて、表情も思った以上に明るかった。

ベッドの上で上半身を起こしたリリアンは、リーフィアをしげしげと見た後、小さく笑う。

「何か二人でこうしていると変な感じね」

「そ、そう？」

「あ、別に怒っているわけじゃないの。フィランがリーフィアだったなんてこと、昨夜聞かされた中では些細《ささい》なことだもの。操られていてその間の記憶《きおく》がまったくないだなんて、そっちの方がよっぽど問題だわ」

そうは言うものの、リリアンは一晩考えて彼女なりにその事実に折り合いをつけたようだ。リーフィアと会話するリリアンはいつもの彼女と同じで、そこに落ち込んだ色は見られなかった。

「じゃあ、リーフィアは明日実家に戻るのね」

「ええ。一度帰って元に戻った姿を見せたいと思って。もちろんすぐに城に戻ってくるわ。もう『フィラン』にはなれないけど、システィーナ様への義理は果たしたいと思っているし、自分の口から説明もしたいの」

「姫様なら大丈夫よ。きっと面白《おもしろ》がって大人のあなたも受け入れてくださるわ」

「そうだといいけれど……」

フィランの時と変わらぬ態度でそんな話をした後、帰り際《ぎわ》にリリアンが不意《ふい》に真顔になって言い始めた。

「ねぇ、リーフィア。一度しか言わないから、聞いてくれる？　図書館司書《ししょ》をしていたカミロのこと、ほとんど覚えていないのだけど……でも、たぶん、私は彼を嫌《きら》いじゃなかったと思う。それこそ錯覚《さっかく》かもしれないけど、むしろ好意《こうい》じみた想いを抱《いだ》いたのかもしれない。……だってね、ここが温かくなるの」

そう言ってリリアンは胸にそっと手を当てた。

「思い出そうとすると、嫌悪感《けんおかん》もなく、ただただ胸の奥がほんのり温かくなる気がするの。だからきっと、私は彼のことが決して嫌《いや》じゃなかったのだと思う」

そう言って微笑《ほほえ》むリリアンは綺麗《きれい》で、リーフィアには少しまぶしかった。

リリアンの部屋を出て、魔法使いの塔へ続く廊下《ろうか》を歩きながらリーフィアは少し複雑《ふくざつ》だった。リリアンはカミロを――アーネル＝エフィロットを恨《うら》んではいないようだった。それどころか、少し好意が残っているようだった。

けれど、その恋の相手は犯罪者《はんざいしゃ》で幼児性愛病者《ロリコン》という特殊性癖《とくしゅせいへき》の持ち主だ。リーフィアの八年間を台無しにした相手でもある。複雑になるのは当然だった。

「恋ってままならないものだというけれど……」

そう呟《つぶや》きながら、なぜか脳裏《のうり》をよぎったのはエーヴェルトの面影《おもかげ》だった。

――な、なんでここで殿下《でんか》の顔が浮かぶの？　殿下だって十分特殊性癖の持ち主じゃない！

頭を振りながら角を曲がったリーフィアは危《あや》うく書類を持った男の人とぶつかりかけた。

「おっと」

文官《ぶんかん》らしいその人は手から落ちそうになった書類を慌《あわ》ててしっかり摑《つか》む。くせのある褐《かっ》色《しょく》の髪をした、人の好《よ》さそうな男性だった。

「ご、ごめんなさい！　前をよく見てなくて！」

リーフィアは慌てて謝った。けれどその人は微笑んで首を横に振る。

「私も書類のことで頭がいっぱいでちゃんと見ていなかったんです。気にしないでくださいね」

そう言って男性はリーフィアに頭を下げると再び歩き始めた。その時だ。

『必ず、また迎《むか》えに来るからね』

そんな小さな声がどこからともなくリーフィアの耳に届いた。さっきの彼かとパッと振り返ったが、見えたのは去っていく後ろ姿だけだ。特に振り返ったりはしないところを見ると、彼ではないらしい。

「……気のせいかしら？」

リーフィアは首をかしげながら再び歩き始めた。

魔法使いの塔にたどり着いたリーフィアは、部屋には戻らずにラディム＝アシェルの研究室へと向かった。塔に戻ったことを伝えるためだ。

「お帰りなさいっス」

ところが研究室の中にいたのはルドルフだけだった。

「ラディム＝アシェルは？」

「何だかさっき慌てて部屋を出て行ったっス」

「そう。すぐ戻ってくるのかしら？」

「さぁ、何も言ってなかったんっスよね。あ、でも師匠《ししょう》が戻ったらリーフィアが帰ってきたことを伝えておくので、部屋に戻っても構《かま》わないっスよ」

リーフィアはその言葉に甘《あま》えることにして、自室へ戻った。何だか少し疲《つか》れを覚えていた。

荷造りの前に少し休もうと思い、服のままベッドに横になる。

リーフィアとしてはほんの数十分ほど休むつもりだった。ところが思っていたより疲れていたらしく、すぐに眠りに落ちてゆく。

そしてふと目覚めた時は辺りは薄暗《うすぐら》くなっていた。どうやらかなりの時間寝てしまったらしい。窓の外を見ると、空には細い弓のような月が顔を覗かせていた。もう日はとっくに落ちているようだ。

灯《あか》りをつけて人心地《ひとごこち》つくと、リーフィアは何気に壁《かべ》にかかった鏡を覗き込んだ。今日一日中何度もそうやって覗き込んだ鏡だった。ところが――

「――え？」

鏡に映った自分を見てリーフィアは仰天《ぎょうてん》する。それも当然だ。なぜならそこには十八歳の自分ではなく、褐色の髪をした十歳の女の子が映っていたのだから。

リーフィアは鏡に自分を映しながら恐《おそ》る恐《おそ》る手を伸ばして頬《ほお》をつねる。その手はふっくらとして可愛《かわい》らしく、つねった頬の肉もぷっくりしていてとても柔《やわ》らかかった。

――夢じゃ、ない！

「○×☆△□◇◎▽！」

声にならない悲鳴をあげてリーフィアはラディム＝アシェルの研究室に突進した。そこにはラディム＝アシェルも帰ってきていたようで、何かとても深刻《しんこく》そうにルドルフと話をしていた。

そんな折、突然飛び込んできたリーフィアを見て二人は固まった。ラディム＝アシェルの表情は相変わらず前髪に隠《かく》されていて分からなかったが、ルドルフは顎《あご》が外《はず》れるくらい驚いている。

「どどど、どうしたっスか⁉」

「そんなこと私が知りたいわ！」

反射的《はんしやてき》に叫《さけ》んだ声も子どもの甲高《かんだか》い声で、泣きたくなってしまう。一体なんだってこんなことに……！

「何で？　どうして⁉」

「……これは」

ラディム＝アシェルは呟くと、リーフィアの手を取って言った。

「リーフィア、殿下のところへ行こう」


「おやおやおや」

十歳に戻ったリーフィアを見るなりエーヴェルトが言った言葉がこれだった。

「可愛いリーフィア再びだね」

彼は嬉《うれ》しそうに言うと、さっそくリーフィアを膝《ひざ》の上に抱き上げる。けれど、今の彼女はそれを大人《おとな》しく甘受《かんじゅ》できる気分ではなかった。

「うがー！」

手足をバタつかせて抵抗《ていこう》する。それが相手をますます喜ばせることになるとも知らずに。

「可愛いなぁ」

「放してぇ！」

ブラッドリーは二人のやり取りを完全に無視してラディム＝アシェルに尋ねた。

「一体どうしてまた十歳に戻っちまったんだ？」

「術《じゅつ》の欠片《かけら》が残っていたんですよ。……たぶん、昨日図書館でアーネル＝エフィロットに頭巾《ずきん》を取られた時に夕日を浴《あ》びてしまったせいかと。そのせいで中途半端《ちゅうとはんぱ》に術が残ってしまった。欠片なので昼間太陽《ソル》が出ている間は問題はありませんが、月《ルナ》の魔力がもっとも強くなる夜に活性化《かっせいか》するのでしょう」

それが聞こえたリーフィアは顔を引きつらせた。

「じゃ、じゃあ、私はこれから夜になるたびに子どもの姿に？」

「そういうことになりますね」

「なんてこと……」

わななくリーフィアを他所《よそ》に、エーヴェルトは呟く。

「どうせ変わるなら反対の方がよかったかな。昼間はその可愛い十歳の姿で、夜に大人になる方が僕としてはいいのに」

——またこの人、変なことを言い出したよ……！

リーフィアがその言葉を聞かなかったことにしているとラディム＝アシェルが一歩前に出てエーヴェルトに、珍《めずら》しくも言いづらそうに告げた。

「それより殿下。大問題が発生しまして……。申し訳ありません。取《と》り逃《に》がしました」

その言葉に、エーヴェルトだけでなく、リーフィアもブラッドリーも反応した。彼が取り逃がしたなどと言える人物は一人しかいない。

「まさかアーネル＝エフィロットが？」

弾《はじ》かれたように顔をあげてエーヴェルトが問うと、ラディム＝アシェルが頷《うなず》いた。

「そのまさかです。見張りの者によれば朝は確かに牢《ろう》の中に姿があったのに、昼過ぎに見た時は忽然《こつぜん》と牢の中から消えていました。押収《おうしゅう》したはずのエドウィナ＝エフィロットの研究資料と共に」

「おいおいおい、冗談《じょうだん》じゃないぞ！　魔力は封《ふう》じていたんじゃなかったのか？」

ブラッドリーが勘弁《かんべん》してくれという口調《くちょう》で口を挟《はさ》む。

「魔力は封じてました。だから彼の力であそこから脱出《だっしゅつ》するのは不可能だったはず。……考えたくないですが、塔内に協力者がいるとしか……」

エーヴェルトは深いため息をついた。

「そうだな。いくら魔法に長《た》けていようが、魔力が封じられた場所から脱出するのは別の人間の手を借りなくては不可能だろう。ましてや押収された書類をそんな短時間に見つけ

出すのは……リーフィア?」

エーヴェルトはリーフィアを怪訝《けげん》そうに見下ろした。それは彼女がいきなり「あ――!」と叫んだためだった。

リーフィアの脳裏に、廊下の角で出会いがしらにぶつかりそうになった文官の姿が浮かぶ。手にした書類。周囲にあっという間に溶け込む平凡な姿。そしてカミロと同じ褐色の髪。

――あの時に聞こえてきた声が耳元で蘇《よみがえ》る。

『必ず、また迎えに来るからね』

あの男が、塔を脱出してきたばかりのアーネル=エフィロットだったに違いない……!

そして残していった言葉で、まだリーフィアを諦《あきら》めていないことは明らかだった。

「最悪」

リーフィアは歯を食いしばる。

――せっかく元に戻ったと思ったら戻ってなくて、振り出しで! その上、あの腐《くさ》れ幼児性愛病者《ロリコン》が野放しだなんて! ああああ、もう!

「幼児性愛病者《ロリコン》は滅《ほろ》びろ!」

夜を迎えたばかりのエーヴェルトの部屋に、リーフィアの魂《たましい》の叫びが響《ひび》き渡る。
――そんな彼女をガラスの窓越しに、細い弓のような月が見下ろしていた。

（完）

あとがき

始めまして、こんにちは。拙作《せっさく》を手に取っていただき、ありがとうございます。富樫聖夜《とがしせいや》です。

今回初めてビーズログさんから出していただきました。普段は現代恋愛モノやもう少し大人向けのファンタジーを書いているので、久しぶりのファンタジーコメディはとても楽しかったです。

さて、本書のヒロイン、リーフィアは外見年齢《ねんれい》がたったの十歳という女の子です。ロリコン魔法使いに目をつけられてしまったために、成長を止められて姿をも変えられてしまいました。ただし、身体《からだ》は子どもでも、中身は十八歳です。そのため周りがどんどん自分を置いて成長していくのに焦《あせ》り、本来の姿を取り戻すために城で働くことを決心するところからこの話は始まります。

そんなヒロインが城で出会うことになるのは、一見、物語に出てきそうな気品のある王子様。けれど、器が大きく許容範囲《きょようはんい》も広いせいか、どこか変態臭《へんたいしゅう》がします。最初、プロット段階《だんかい》では担当さんとロリコン魔法使いにキャラ負けしそうと話をしていたのですが、いざ書いてみるとそんなことは全然ありませんでした。リーフィアと顔を合わすたびに抱っこをするか、膝《ひざ》に乗せるかして思わせぶりなことを言うのがデフォルトです。

そして二人の周囲を固めるのは個性豊かなキャラたち。エーヴェルトのツッコミ役のブラッドリー、王子の妹でヒロインの主でもあるシスティーナ王女、興味のあることとないことでは落差の激《はげ》しいラディム＝アシェルとその弟子《でし》ルドルフ。そしてすべての元凶《げんきょう》であるロリコン魔法使いなど。ページ数の関係で彼らにはあまりスポットを当てることができませんでしたが、いつか機会がありましたら、彼らにももっと活躍《かつやく》の場を用意してあげたいなと思っております。

最後に、担当様、とても可愛《かわい》いイラストを描いてくださった緒花《おはな》様、ならびに編集部やこの本に携《たずさ》わった皆様には大変お世話になりました。特に担当様には、かなりご迷惑《めいわく》と心配をおかけしましてすみませんでした。この本は担当様がいなかったら完成させることができなかったでしょう。本当にありがとうございました。

それでは、いつかまたお目にかかれることを願って。

富樫聖夜

■ご意見、ご感想をお寄せください。
《ファンレターの宛先》
〒104-8441 東京都中央区築地1-13-1 銀座松竹スクエア
株式会社KADOKAWA ビーズログ文庫編集部
富樫聖夜 先生・緒花 先生

ビーズログ文庫

■本書の内容・不良交換についてのお問い合わせ。
エンターブレイン カスタマーサポート
電　話：0570-060-555
（土日祝日を除く 12:00〜17:00）
メール：support@ml.enterbrain.co.jp
（書籍名をご明記ください）

◆アンケートはこちら◆
https://ebssl.jp/bslog/bunko/enq/

と-1-01

月《つき》の魔《ま》法《ほう》は恋《こい》を紡《つむ》ぐ

〜特《とく》殊《しゅ》な嗜《し》好《こう》はハタ迷《めい》惑《わく》！〜

富《と》樫《がし》聖《せい》夜《や》

2015年5月27日 初刷発行

発行人　三坂泰二
発行　株式会社 KADOKAWA
〒102-8177 東京都千代田区富士見 2-13-3
（ナビダイヤル） 0570-060-555
（URL） http://www.kadokawa.co.jp/
編集企画　エンターブレイン事業局：ビーズログ文庫編集部
〒104-8441 東京都中央区築地 1-13-1 銀座松竹スクエア
編集長　河西恵子
デザイン　網野幹也（トウジュウロウ デザイン ファクトリー）
印刷所　凸版印刷株式会社

ISBN978-4-04-730484-0 C0193

定価はカバーに表示してあります。